文春文庫

朝比奈凜之助捕物暦

昔の仲間

千野隆司

文藝春秋

目次

朝比奈凜之助捕物暦

昔の仲間

前章　押込み四人

一

まん丸の月が、川面《かわも》に映っている。吹き抜ける風は冷たかった。艪《ろ》をひと漕ぎするたびに舟は進むが、月は揺れて遠ざかる。闇の中、町はしんと静まり返って、河岸《かし》の道に人影はなかった。

船着場に舫《もや》ってある舟が、上下をしていた。

町木戸が閉まる夜四つ（午後十時頃）をだいぶ過ぎたあたり、吉太《きちた》は三人を乗せた舟の艪を握って日本橋川《にほんばしがわ》から東堀留川《ひがしほりどめがわ》へ入った。十月も半ばとなる深夜、町は寝静まっている様子だった。風に飛ばされた枯葉が、目の前を通り過ぎて水面《みなも》に落ちた。風が音を立てた。とはいえ寒さは感じなかった。掌《てのひら》に、汗が湧いて出る。

水と艪の軋《きし》み音が、微《かす》かに聞こえる。音を立てないようにと、吉太は細心の注意を払っていた。

犬の遠吠えが、夜気を劈《つんざ》くように聞こえて、思わず息を飲んだ。

川は闇に覆われていても、ここへは何度もやって来た。満月の月明かりがあれば、川のどこにいるかは分かった。河岸道には商家が並び、船着場には荷を運ぶための舟が停められている。

四人は黒っぽい身なりで草鞋《わらじ》履き、皆が顔に布を巻いている。身じろぎもしないで腰を下ろしていた。声を発する者はいない。

乗船しているうちの一人は侍で、あとの吉太を含めた三人は町人だった。一人は長脇差で、吉太ともう一人は懐に匕首《あいくち》を呑んでいる。

川は行き止まりになった。舟を停めたのはその突き当たり近くにある船着場で、船首を日本橋川方向へ向けた。

吉太が、船着場の杭《くい》に艫綱《ともづな》をかける。その間に三人が舟から下りた。音を立てる者はいない。結び終えた吉太も、舟から下りた。

船着場から、河岸の道へ上がる。四人は、満月に照らされた大店《おおだな》の建物に目をやった。繰綿問屋《くりわたどんや》の井筒屋《いづつや》だ。間口が六間半（約十一・八メートル）あった。

心の臓がきりりと痛んで、吉太は着物の上から懐の匕首を摑んだ。

侍と目を合わせて、四人は頷《うなず》き合った。

緊張があるが、押込みは初めてではなかった。ここへは何度もやって来て、下見をしていた。建物の間取りも、すでに頭に入っている。役割分担もできていて、自分も重大な役目を担っていることは承知していた。

今日この店には、六百数十両の金子《きんす》があると分かっている。なかなかの額だ。だから押込むことになった。

「行くぞ」

長脇差を腰に差した男が、短く告げた。抑えた声だが、力はこもっていた。

一同は小走りになって、建物横の路地に入った。建物裏側にある路地へ廻ったのである。敷地は板塀で囲まれていて、裏木戸の前で立ち止まった。

長脇差の男が、塀に両手をついた。体の小さい吉太が、その肩を借りて塀に上った。音を立てぬように細心の注意を払いながら、内側へ下りた。

裏木戸の閂《かんぬき》を開けた。きいと、微かな音を立てた。

四人すべてが中に入ると、吉太は戸を閉め閂をかけた。ここから、二人ずつに分かれた。

月明かりだけとはいえ、敷地の中は事前に聞いていたものと、ほとんど同じだと思われた。物音はなく、寝静まっている。

不安はあったが、行けそうな気がした。

吉太が雨戸をこじ開けた。音を立てずにできた。

他の場所でも雨戸をこじ開けている。長脇差と侍の二人だ。そこは主人の部屋に近いあたりになる。主人を脅して金を奪う。騒いだり歯向かったりする者がいたら、殺すことも厭《いと》わない。

吉太ともう一人は、廊下の長押《なげし》に簡易な雪洞《ぼんぼり》をつけて明かりを灯す。これは用意をしてきた。調べたとはいっても、他人の家だ。逃走をしやすくするためだ。さらには店の戸口の心張棒《しんばりぼう》を外しておく。

逃走に役立つことをするのが役目だった。騒ぐ者がいたり、立ち向かってくる者がいたりしたら、それを始末する。

建物に入ったときのもう一人とは、別になった。

「押込みはな、奪っただけでは終わりじゃねえ。逃げおおすまでが仕事だ」

長脇差の男に告げられていた。命懸けだ。刃物で脅しても、素直に金子を差し出すとは限らない。襲われる方も、命懸けだ。捕り方が現れれば、奪った金子を捨てても逃げなくてはならないことがある。

「ぎゃあっ」

男の悲鳴が上がった。闇を破る声で主人《あるじ》のものだと思われた。

声のした部屋の近くへ走った。中を覗《のぞ》くと、匕首を手にした仲間が主人らしい寝間着姿の男を刺したところだった。吉太と中に入った者だ。いつの間にか主人の部屋に移っていた。

「な、何だ」

「押込みか」

悲鳴が上がって、建物の中が慌ただしくなった。奉公人たちが、飛び起きたのだろう。乱れた足音が響いた。

「盗人《ぬすっと》だ」

という声が闇夜に飛んだ。助けを求める声だ。駆け寄ってくる。寝間着姿の奉公人たちが、棍棒《こんぼう》などを持って現れた。

しかし主人を刺した男の手にある血の付いた匕首を目にして、息を飲んだ。濃い血のにおいが、鼻を衝《つ》いてくる。

長脇差の男が、重そうな金箱を抱えて部屋から出た。侍は、主人の枕元にあった何か小さなものを拾うと、袂《たもと》に入れた。そして振り向くと、刀を抜いた。

「邪魔立てをすると、命はないぞ」

凄味《すごみ》のある声で、恫喝《どうかつ》した。奉公人たちはそれで腰が引けて、前に出られない。握った棍棒の先が、震えていた。

押込んだ四人は、店の戸口に向かう。ここを通るのが、最短の逃げ道だと踏んでいた。だから始めに、閂を外したのである。舫ってある舟で逃げるのだ。

「ここからが、勝負だ」

吉太は己に言い聞かせた。まずは金箱を抱えた長脇差の男を、逃がさなくてはいけない。囲む形になった。

そこへ侍が現れた。用心棒らしい浪人者だ。すでに刀を抜いている。現れるだろうと、警戒していた。

事前の調べでも、用心棒が一人いると分かっていた。それでも押込んだのは、こちらの侍の腕を信じたからだ。

「やっ」

用心棒が、斬り込んできた。こちらの侍が、その刀身を撥《は》ね上げた。この間にも、金箱を持った男と、匕首を手にした仲間は、通りへ出て行く。こうなることも考えに入れて、役割を決めていた。

吉太は侍の援護をする。いくら腕利きでも、複数の者に攻められたら身動きが取れなくなるかもしれなかった。そして重い金箱を抱えた者は、襲撃されても反撃できない。

守る役目の者が、ついていなくてはならなかった。

用心棒は撥ね上げられた刀を、そのまま振り下ろして攻撃に転じた。室内では大きく刀を振り回せないが、それを踏まえた動きをしていると感じた。

それで怯《ひる》んでいた奉公人たちの一人が、力を得たらしい。刺股《さすまた》を手にした奉公人が、突きかかってきた。無我夢中の一撃といってよかった。

吉太は体をそらして、かろうじてそれを躱《かわ》した。

「この野郎」

ここまでくると、すっかり居直った気持ちになっていた。胸の内に溜まっていた行き場のなかった怒りや憎しみが、破裂したように噴き出た。

「容赦はしねえ」

そういう気持ちになった。室内では、長い刺股は使いにくい。相手の動きは鈍かった。吉太は相手の手の甲を突いた。

相手はすぐに手を引いたが、微かに掠《かす》ったのが分かった。

それで逃げようとすると、棍棒を手にした別の小僧ふうが現れた。刺股の男も、怒りの目を向けている。

「ううっ」

このとき、すぐ近くで声が上がった。店の用心棒が、斬られたのが分かった。

「引き上げるぞ」

声をかけられた。侍は、逃げる体勢を取っていた。

吉太はここで、がむしゃらに匕首を振り回した。それで迫ろうとしていた奉公人たちが怯んだ。

その隙に、店の外へ出た。侍を含めて、他の三人はすでに店の前から離れていた。

「急げ」

吉太は声をかけられた。必死で追おうとするが、奉公人たちも外へ飛び出して来た。相手も必死の様子だった。

逃げ遅れたと思った吉太は慌てたが、どうにもならない。

とにかく急いだ。振り向くゆとりもなかった。背後から、何かが迫ってくる。そして背中を、鈍器のようなもので打たれた。

「うわっ」

衝撃で匕首が手からすっ飛んだ。激痛が、体を貫いている。次に肩を、そして二の腕や他の部分も、硬いもので打たれた。皆が何か叫んでいるが、聞き取れない。ただ自分に対する、憎しみと怒りだけは伝わってきた。

何か所か骨が折れたのが分かった。立っていられない。痛みが、全身を駆け回っている。

そのまま倒れて動けなくなった。朦朧《もうろう》としてくる。そうなるともう、痛みさえ感じない。

「くそっ」

絶望の中で、意識がなくなった。

二

眠りの中にいた朝比奈凛之助《あさひなりんのすけ》は、玄関先の声で目を覚ました。切迫した声の調子だ。

寝足りないし、起きたくない。

母の文ゑ《ふみ》が障子を開けた。

「目を覚ましなさい。今夜、押込みがありましたよ」

驚きを抑えた声が、切迫した状況を伝えてきた。それで凜之助は、腹を決めて起き上がった。

玄関先にいたのは、日本橋堀江町《ほりえちょう》界隈を縄張りにする岡っ引きの手先だった。

「井筒屋が、四人組の賊に襲われやした。主人が刺されて、重傷です。用心棒も斬られ、金子を奪われやした」

「分かった」

繰綿問屋の井筒屋は、凜之助の町廻り区域内の大店である。とんでもない事件だった。

奪われた額は相当の高額になると察せられた。

急いで三つ紋の黒羽織に着替えた。文ゑが手を貸してくれた。

十手《じって》を腰に差し込んで、凜之助は八丁堀《はっちょうぼり》の屋敷を飛び出した。南町奉行所《みなみまちぶぎょうしょ》の定町廻《じょうまちまわ》り同心《どうしん》になって二年目になるが、稀に見る事件といってよかった。

井筒屋の主人は茂三郎《しげさぶろう》といって、四十一歳になる者だ。町廻り区域内の旦那衆の一人だから、凜之助とは顔見知りだった。

商いには厳しい男で、親から引き継いだ商いを大きくした。奉公人に対しても同様で、二度までのしくじりは許したが、不正やごまかしはたとえわずかでも許さないという態度を取っていた。

月行事《がちぎょうじ》を務めるなど町のためにも尽した。悪い評判は聞いていなかった。

店の前には篝火《かがりび》が焚かれていて、土地の地回りの手先が立っていた。凜之助は店の中に駆け込んだ。

茂三郎は奥の部屋で、医者の手当てを受けていた。用心棒の浪人者は戸板に載せられて板の間に置かれている。

手当ては、主人の後になるのだろう。

捕らえた賊の一人は、土間に置かれた戸板の上に横たわっていた。寄ってたかって打ち倒したらしい。髷《まげ》も着物も乱れ、血にまみれた姿は、無残だった。

ちらと見ただけでは、生きているのか死んでいるのか分からない。

三人のうちでは、用心棒と逃げ遅れた賊は、応急手当だけは施されていた。主人と賊は、かなり厳しい状況だと知らされた。様子を確かめたが、虫の息だった。

凜之助は、若旦那の茂太郎《しげたろう》から事情を聞いた。十九歳で、気力を持って商いに当たっていると、町内では話していた。傍らには、番頭の梅造《うめぞう》もいた。事件を聞いて、駆けつけてきたのだ。

「昨日は売掛金を集める日でした。明日には支払いがありますので」

茂太郎は、蒼ざめた顔で言った。例年この時季には集金をしたとか。それは店の者ならば皆知っている。

「奪われた金高は」

「六百五十三両でございます」

掠れた声だった。

「そうか」

とてつもない高額だ。これだけの額になると、さしもの大店も厳しいことになるようだ。父親の容態も案じられるが、払いがさらに気になる様子だった。

そこへ手当てをしていた医者が、姿を見せた。

「刺された茂三郎さんが、息を引き取りました」

と告げると、女房が声を上げて泣いた。茂太郎もすすり泣いた。

「だいぶ深く刺さっていましてね、抉《えぐ》った跡もありました」

「そうか」

遺体を検《あらた》めた。茂三郎は、苦悶《くもん》の表情だった。

「声を上げられて刺した、というだけではないな」

「へい。恨みがあったようにも見えますね」

岡っ引きが返した。抉っているとなると、いかにも念入りだ。声を上げられて、慌てて刺したのとは違う。殺す気があったと見られる。

　さらに凜之助は、若旦那だけでなく番頭梅造も交えて話を聞いた。梅造は五十一歳になる、叩き上げの番頭だ。

「大金があると知っての、押込みと見るべきであろうな」

　いくら大店でも、常に六百両以上を店に置いてあるわけではない。商家にとって金子は、貯めるものではなく動かすものだ。

「そうかと存じます」

　茂太郎と梅造の二人は頷いた。たまたまではなく、狙いを定めて押込んできたと考えるべきだった。

　他の大店でも、六百五十三両を置いておくのは、よほどの場合だけだ。

「今夜、大金があることを知っていた者は誰か」

「額まで知っていたのは、旦那さんと若旦那、それに私と出納役の手代の四人だけです」

「うむ」

「ですが相当額の金子が集まっているとは、店の者ならば皆気がつくと存じます」

梅造が答えた。

「店の外の者で、知っている者は」

「小売りのお店《たな》は、それぞれ支払った額は分かっても、それが総額でどれほどになるかの見当はつかないと存じます」

「しかし集まっていることは、分かるわけだな」

「おそらく」

ならば正確な額が分からなくても、金があることを知っている者は少なからずいたことになる。額まで知っていた三人は、漏らしていないと証言した。

「話せるわけがありません」

出納役の手代は、背筋を震わせた。

「襲った者に、心当たりはあるが」

「何とも」

若旦那は首を傾げた。三人の破落戸《ごろつき》ふうと浪人ふうが一人で、皆顔に布を巻いていた。

捕らえた賊の顔の布は剝《は》いだが、顔に見覚えはなかった。

「商いでございますから、恨む者はいるかも知れません」

ただそれが、押込みをするほどの恨みかどうかは分からないと、梅造は言った。

「恨んでいそうな者の名を挙げてみよ」

茂太郎と梅造は顔を見合わせた。商売敵一軒と、この四、五年までで、店を辞めさせた手代二人だった。

博奕《ばくち》に手を出したり、喧嘩騒ぎを起こしたりした者だ。

さらに店の奉公人たち一人一人から話を聞いた。襲撃の様子から話をさせた。思いがけない場面を目にしているかもしれない。

「いきなり襲ってきて、旦那さんの部屋へ入りました。あっと言う間だったように思います」

一階で寝起きしていた手代が言った。裏木戸を開けて入って来たのは、気づかなかったとか。

ほぼ同じような発言だった。額はともかく、店に大金があることは分かっていた。

店の者同士で話題にすることはあったが、外には漏らしていないと告げた。

漏らしていても、こうなると口にすることはできないかもしれない。

小僧たちは、屋根裏部屋で枕を並べて寝ていた。主人の叫び声を聞いて、目を覚ましたのである。

万一のためにと、部屋には刺股や突棒《つくぼう》、梶棒などを用意していた。用心棒は、高額な金子が動くとき、口入屋《くちいれや》を通して四日前から雇っていた。何かと物騒だと茂三郎が言って雇った。

さんざん打たれて意識のない賊の顔を、奉公人たちすべてに検めさせた。腫《は》れた顔で、原形を留めていないかもしれなかった。

「まったく、覚えがありませんね」

ほとんどの者が顔を横に振った。ただ小僧の一人は、このような顔を見たような気がすると告げた。

「どこでだ」

「前の河岸道で、店の様子を窺《うかが》っていたような」

二日前のことだそうな。とはいっても、首を傾げながらの言葉だ。

「そうか、探っていたわけだな」

いたとしても、不思議はない。襲う側にしても、危ない橋を渡ることになる。それなりの調べをした上でだろう。

重傷の用心棒は、役に立たなかった。それでも起き上がれるようになるまでは、店に置くと茂太郎が言った。

しかし重傷の賊については、腹立たし気に言った。

「うちに置いておくことはできません。死ねばいいんです」

恨みがあるのは当然だ。しかし今は、死なせてしまうわけにはいかない。意識を戻させて、喋らせなくてはならないことがたくさんあった。

重傷の賊は、夜が明け次第小石川養生所《こいしかわようじょうしょ》へ運ぶことにした。

第一章　象牙の根付

一

夜が明けてすぐ、重傷の賊を町の若い衆が小石川養生所へ運んだ。下手をすれば夜は越せないかと思ったが、それはなかった。慎重に運ばせた。死なせてしまうわけにはいかない。意識が戻ったら、すぐにも町奉行所へ知らせが来るようにした。

井筒屋は店を閉じた。

凜之助は賊の遺留品がないか、店の奉公人たちに、建物や敷地の中や店の周辺を念入りに捜させた。草の根も分けろと伝えていた。

また他に奪われた品がないか、検めさせた。

賊たち三人は、掘割に停めていた舟を使ってこの場から立ち去った。舟の動きについては、土地の岡っ引きに当たらせた。

しかし遺留品は発見されず、舟の行方も探れなかった。深夜のことだから、舟に気づいた者などいなかった。

凜之助は、町木戸の番人を初めとした町の者に、問いかけをした。この数日、不審な者が井筒屋を探っている気配はなかったかと尋ねたのである。

日本橋川の北へ、二本の掘割が掘削されていた。西堀留川《にしほりどめがわ》と東堀留川《ひがしほりどめがわ》だ。両方の河岸道には大小の商家が並んで、昼間は物資を輸送する荷船がひっきりなしに行き交っている。

いつもその船着場のどこかで、人足たちが荷下ろしの声を上げていた。

押込みを受けた井筒屋は、東堀留川の東河岸、行き止まりの手前の堀江町にあった。

「さあ。怪しげな人は、いっぱい通りますけどね」

木戸の番人は答えた。江戸の中心に近いから、終日大勢の人が通るし、新顔の荷運び人足が日雇い仕事を求めて日々現れる。人相や態度のよくない者は、その辺にごろごろしている。

賊は井筒屋の下見をしていたと思われるが、それを探り出すのは難しそうだった。

店に戻ると、茂太郎が傍《そば》へやって来た。

「お疲れさまでございます」

と頭を下げた。相変わらず顔色がよくない。店は閉じていて、茂三郎については、今夜が通夜で明日が葬式だと話した。親戚らしい、商家の旦那ふうの顔が見えた。線香のにおいがただよってきた。

番頭の梅造は、金策に出ているとか。

奪われた金子のうち、あらかたは支払いに回すものだった。その期限も迫っている。悲しみに沈んでばかりはいられないという話だ。

支払いを受ける側も、その入金を当てにしている。

「奪われました」

では済まない。

同情する者もいるだろうが、それで解決がつくほど商いは甘くないだろう。井筒屋としては、集められるだけの金子を手に入れて支払いに充てなくてはならないはずだった。

「それで、盗人の方はどのようで」

茂太郎は尋ねてきた。一刻も早く、取り返してほしいのが本音だ。とはいえ逃げられた以上、容易《たやす》くは取り返せないと考えているようだった。

「盗人たちの動きで、思い出すことはないか。他にも奪われた品はなかったのか」

凜之助は、確認のつもりで尋ねた。

「それなのですが」

いったん間を置いてから、茂太郎は続けた。

「おとっつぁんが大事にしていた、象牙《ぞうげ》の根付《ねつけ》がありません」

「ほう」

「昨日の夕方に、腰につけているのを見ました」

しかし今日は、どこを捜してもなかったという話である。

「奉公人たちにも訊きましたが、気づいた者はいませんでした」

「盗人の誰かが、奪ったのだな」

「そう思われます」

「よほどの品なのか」

「気に入っていた様子です。それなりの品なのではないでしょうか」

奪った賊は、自分で使うか売るかするに違いない。どのような形か、覚えている範囲で紙に描かせた。

俵の上に二匹の鼠が乗ったものだった。

茂太郎が気づいたときには腰にしていた品で、買い入れた先は分からない。俵の下に小さく『正』の文字が彫られていたと付け足した。

「作者の名の一部だな」

「おそらくそうかと」

改めて、建物の中や庭、路地や船着場を捜させた。しかしそれらしい品は現れなかった。

また怪しいと見ればいくらでも出てくる不審者の中で、これといえる人物が浮かび上がることはなかった。

凜之助は、梅造が言った怪しい人物のうち商売敵の商家の主人を当たったが、昨日の夜の居場所ははっきりしていた。仕入れ先の主人と、遅くまで酒を飲んでいたのである。犯行には加われない。

そして二人の手代の行方は不明だった。この数か月で、近隣で顔を見たと告げる者はいなかった。

凜之助は南町奉行所へ出向いて、ここまでの報告をした。その上で、この事件の探索担当を命じられた。

見廻り区域内の出来事だから、当然の成り行きだった。暮れ六つ（午後六時頃）の鐘が鳴って通夜となった。不審人物が現れるかと店へ行った。読経の声を耳にしながら、弔問客の様子を検めた。

しかしこれといった不審な者は現れなかった。

凜之助が八丁堀の屋敷に戻ると、母の文ゑが迎えに出た。

「たいへんでしたね」

とねぎらいの言葉を口にした。繰綿問屋が襲われて主人が殺され、六百両以上が奪われたという話は読売にも書かれて、江戸中の評判になっていた。

文ゑは、深夜呼び出された凜之助のその後を案じていたらしかった。定町廻り同心なのだから、町廻り区域に凶悪事件が起これば、深夜であろうが早朝であろうが、出て行かなくてはならない。それは仕方がないとあきらめている様子だが、命を懸けて役目を全うしろと口にしたことはなかった。

祖母の朋《とも》は八丁堀育ちの武家だから、定町廻り同心の役目は神聖なものだと考えている。けれども文ゑは裕福だった商家の育ちで、算盤《そろばん》に合わないことには難色を示すきらいがあった。あけっぴろげで、人前でも声を上げて笑う。

浪費癖なところもあって、困ると実家に泣きついた。朋はそれを嫌った。嫁と姑《しゅうとめ》との間には溝ができて、今では埋まりようもないほど深まったと凜之助は感じている。

「一軒の家に、二羽の牝鶏《めんどり》は暮らせない」

そう考えるようになっていた。

朋は八丁堀の武家娘を集めて、書の稽古をしている。文ゑは町娘を集めて、裁縫の指導をしていた。どちらにも、それなりの数の娘が顔を見せていた。

そして朋は、習いに来ている養生所同心網原善八郎《あみはらぜんぱちろう》の娘三雪《みゆき》を、文ゑは日比谷町《ひびやちょう》の質屋三河屋《みかわや》清七《せいしち》の娘お麓《ろく》を、凜之助と娶《めあ》わせようともくろんでいた。

「無理をしてはいけません。体をいたわりなさい」

文ゑは事件の内容については聞きもしなかった。それから祖母の朋の部屋へ行った。

「重いお役目につきましたね」

背筋をぴんと伸ばした朋は言った。

「はっ」

「励みなされ。悪事を見逃してはなりませぬ」

文ゑと朋は、口にすることがだいぶ違う。これはどうにもならず、武家育ちの姑と商家からの嫁、朋と文ゑはしっくりいかない仲だと、凜之助はどちらも受け入れていた。

それから父松之助《まつのすけ》の部屋へ行った。

松之助は、南町奉行所の辣腕《らつわん》の定町廻り同心だったが、今は隠居をしている。同心だったときには家のことは顧みず、町の安寧や凶悪犯の捕縛に尽力して、強面《こわもて》の地回りも怖れる存在になった。けれどもそのせいで、家の中では、いない者として過ごす日々が続いた。

そしていつの間にか、朋や文ゑからは頼りにならない主人として、あてにされない存在になっていた。家の中のことでは、まったくといってよいほど発言力がない。松之助自身も、それでよしとするところがあった。

松之助の道楽は鳥籠《とりかご》造りで、日がな一日当たっても、飽きる様子を見せなかった。今日は、竹籤《たけひご》造りに精を出していた。竹を切り、籤を作るところから始める。一本一本丁寧に小刀を当て、何本削ろうと、先から先まで同じ太さにした。

それを組み立ててゆく。これから、新しいものに取り掛かるらしい。

出来上がれば、小鳥を商う店へ持ってゆく。凜之助には知らされないが、相当な高額で売れるらしかった。

手を止めた松之助に、凜之助は井筒屋への押込みに関する状況と、調べて分かったことなどについて話をした。さすがに元辣腕同心だから、なるほどと思える助言を得ることができた。

「井筒屋茂三郎ならば、存じているぞ」

聞き終えた松之助は言った。

「評判は、いかがでしたか」

「商いに厳しく町内の評判は悪くないが、裏もありそうだ」

「阿漕《あこぎ》な商いでも」

「そこまでではないだろうが、強引なことをすると聞いたことがある」

とはいえ何かの事件を起こしたわけではなく、調べたことはなかったとか。どこにでもいる旦那衆の一人といった印象らしい。

「賊を捕らえる手掛かりとなりそうなのは、象牙の根付だけなのだな」

小判に色はついていないから、そこから捜すのは難しい。

「奪った者は、己では使わぬであろう」

「そうでしょうか。気に入って奪ったのかもしれませぬ」

「それを身につけたら、己が賊の一味だと触れて歩くようなものではないか」

「では、どこかへ売るのでしょうか」

「ほとぼりが冷めるまで、取っておくかもしれぬが」

それをされたら、根付から賊へ辿り着くことはできない。

「ただな、人には欲というものがある」

「そうですね」

その欲が、犯罪を引き起こす。

「奪った金子の分け前は得るだろうが、根付も金になると考えれば売るかもしれぬ」

とりあえずは、それを捜すしかなかった。

さらに四月に、芝《しば》で類似の事件があったことを伝えられた。言われて凜之助は、そういう事件があったことを思い出した。

町廻り区域とは離れていたので、さして関心を持たなかった。探索に当たったが、未解決だという。それにも当たることにした。

小石川養生所へ運んだ賊の一人は、昏睡のまま一日を過ごしたとか。このままでは、何も聞き出せない。助かってほしいと、凜之助は願った。

二

翌日、町廻りを済ませてから、凛之助は南町奉行所へ戻った。曇り空で、だいぶ肌寒い。

「恐ろしい出来事がありましたが、うちは大丈夫でしょうか」

「早く捕らえてくださいまし」

井筒屋に押込みがあったことは、すでに町の者たちは知っている。急に金遣いが荒くなった者がいたら知らせるようにと伝えた。もちろん押込みについて、何か噂があったら教えるようにと話した。

町奉行所へ戻った凛之助は、四月にあった類似事件について調べることにした。担当した定町廻り同心は、まだ戻っていない。そこで例繰《れいく》り方《かた》へ行って、これまでの事件の様相について記録の綴《つづ》りを当たることにした。

未解決の事件として、詳細な調べの結果が残されている。凛之助にとっては、他人《ひと》事《ごと》だった。

まだ新しい綴りを、凛之助はめくった。事件が解決すれば、これに書き足されることになる。

　犯行は、今年の四月十日深夜のことだった。芝浜松町《はままつちょう》四丁目の繰綿問屋河内屋《かわちや》へ、顔を布で覆った四人組の賊が押入った。そのうち三人が町人で一人が浪人者だった。

「ここでは番頭を殺し、三百八十両を奪ったわけか」

　仕入れ先への支払いの前日で、卸先からの代金が集まっていた。支払いに充てられる金だった。番頭は、敷地内の離れ家で寝起きをしていた。

　金子を奪った四人組は、近くの金杉川《かなすぎがわ》に舫っていた舟に乗り込んで逃走した。番頭を殺された店の者たちは怯《おび》えて、まったく手出しができなかった。四人を乗せた舟は、闇の江戸の海に出て行った。

　芝を町廻り区域とする定町廻り同心や土地の岡っ引きは、念入りな調べをおこなったが、下手人に近付けなかった。

　遺留品もなく、顔を見ることもできなかった。ただ井筒屋と共通していたのは、事前に河内屋の様子を探るような不審な者がいた点だった。店の小僧の証言だ。

　ただそれが何者かは分からない。不審に見えただけで、探っていたわけではないかもしれない。

　凜之助は、他にも似たような犯罪がないか探した。しかし押込み事件はあったが、侍が一人交じる四人組による犯行はなかった。

「とはいえこれは、似ているぞ」

二年半前に、町人二人と侍一人の、三人組による犯行があった。深川一色町《ふかがわいしきちょう》の太物問屋結城屋《ゆうきや》を襲った。四百二十両を奪われたが、死人は出ていなかった。店の者は反抗をしなかったからか、死傷者を出すことはなかった。

奪われた金高は、極めて高額だった。その後商いが陰って、問屋として店が維持できず、間口を小さくして小売りの店となったと記されていた。主人は錦右衛門《きんえもん》といった。

ここも事前に探られた気配はあったが、下手人に繋がらなかった。未解決のままだ。押入った人数は違ったが、侍が交ざっていてやり口も似ていると感じた。押入る前に店の様子を探るのは当然だろう。井筒屋を襲った者たちと同じかどうかの判断は、これだけではできない。

「仲間が一人、後から増えたのか」

凜之助は呟《つぶや》いた。一応、記憶に残しておくことにした。

所内で、忍谷郁三郎《しのやいくさぶろう》と顔を合わせた。凜之助の姉由喜江《ゆきえ》は、忍谷家に嫁いでいた。したがって、郁三郎は義兄ということになる。

「厄介な役目になるぞ」

同情するような、面白がるような口調で言った。

「そうかもしれません」

「まあその方《ほう》は、少し苦労をした方がよいかもしれぬ」

あっさりと言われた。むっとした顔になったのが、自分でも分かった。

「己は怠け者のくせに」

胸の内で返した。面倒な役目を、何度も押し付けられた。剣を学んだ鏡新明智流《きょうしんめいち》桃井《もものい》道場の兄弟子でもあるので、断り切れなかった。

するとそれを察したかのように言い足した。

「まあ、手を抜けるところは抜いたほうが良い。熱くなるな」

それで行ってしまった。

南町奉行所を後にした凜之助は、井筒屋茂三郎の葬儀に出た。通夜と同じような面々が姿を見せた。変わったことはない。

それから小石川養生所へ向かった。

重体の賊に何かがあれば、南町奉行所に知らせがあるはずだが、それはなかった。ともあれ、様子は見ておかなくてはと考えた。

少しばかり風があって、落ち葉がふわりと舞っていた。昼過ぎになって、雲の間から日が差してきた。しもた屋の庭の柿の木で、熟れた実が日差しを浴びている。

養生所には、網原三雪がいた。三雪は、父善八郎が養生所同心を務める関係で、折々手伝いに出ていた。看護に当たる者の数が少ないので、重要な役目を果たすようにもなった。誠意をもって看護に当たる。

三雪は祖母朋から、凜之助と祝言《しゅうげん》を挙げないかと勧められているはずだが、それを口に出すことはなかった。

ここまでの様子を訊ねた。

「目が覚める気配はありません。重篤なまま時が過ぎていますが、何とか持ちこたえています」

三雪が答えた。

凜之助は病間へ入り、枕元に座った。青白い顔で弱々しい息遣いをしていた。脂汗が額に浮いている。いつ亡くなってもおかしくないといった印象だった。

そこへ見習い医師の榊原壱之助《さかきばらいちのすけ》が姿を見せた。表御番医師榊原壱左衛門《いちざえもん》の嫡男で、二十二歳になる。長崎留学を経て、十月になってから小石川養生所へ着任した。家督を継いだ折には、営中へ出仕する。

病状についての説明を受けた。打撲による腫れだけでなく、複数の骨折と肉を抉られた部分もあるとのこと。

「意識が戻るかどうかは、五分五分でござろう」

榊原は、はっきりと口にした。なかなかに有能そうな若医者だ。手際のよい適切な診療をすると、評判は上々だった。

「何とか、目を覚ましてほしいが」

定町廻り同心としての気持ちである。

「三雪殿は昨日から、精いっぱいの看護をしておいでござる」

念入りな三雪の看護がなければ、どうなっていたか分からないと榊原は付け足した。

「ありがたい」

凜之助の口から、自然に感謝の言葉が出た。

祖母朋から、祝言を挙げないかと薦められているが、初めは何とも思わなかった。けれども関わりを持つことが増えてくるにしたがって、人柄が分かってきた。

明るくはないが、気丈でなすべきことはきっちりと行う。患者に接する様子を目にしていると、人を思いやる気持ちが濃いと感じる。

朋が薦める理由が分かってきた。祝言を挙げてもいいという気持ちが、芽生えてきた。

考えてみれば三雪は、もう十八歳になる。嫁入りを真剣に考える歳になっていた。いつまでも、中途半端にはしておけない。

「逃げた仲間の賊たちは、ここにいる者の回復を望まないと考えられる。用心をしていただきたく存ずる」

凜之助は、榊原に告げた。

「そうでしょうな。心して過ごそう」

「かたじけない」

「ここには病人とはいえ多数の者がいる。医師や看護の者もいる。容易くは襲えないであろう」

養生所の下男に訊くと、今のところ周辺に怪しい者が出没している気配はないと伝えられた。

三

小石川養生所から日本橋界隈に戻った凜之助は、根付や印籠《いんろう》、櫛《くし》や簪《かんざし》などの上物の装飾品を商う古物屋へ行った。顔馴染みの初老の主人に、奪われた根付の絵を見せた。

「素人の絵だ。このとおりではないようだが、似たような品だ。どのような謂《いわ》れのあるものか」

「そうですね」

少しばかり眺めた後で、主人は言った。

「この絵は下手くそですが、誰が拵《こしら》えた根付かは分かります」

「名品だな」

「まあ。正次郎《しょうじろう》という職人のものです。鼠と俵の図柄をよく彫っていました」

縁起物で、まめに働き商売繁盛といった願いが込められているらしい。

「では、たくさん作られたのだな」

「まあ、二、三百はあるでしょう」

「高額なのか」

「そうですね。十五、六両は下らなかったですね」

「なるほど」

奪った者は、根付を見る目があったわけか。

「根付職人の正次郎は、五年も前に亡くなっています」

「すると新たな品は作れぬわけだな」

「さようで」

「では、高値になっているのではないか」

「そうですね。元値の倍以上にはなっていると思われます」

盗んだ者は、そういうことが分かっていたのか。それならばやはり、売りに出されるかもしれないと思った。すでに、売ってしまったかもしれない。この店には来ていなかった。

凜之助の手にある、唯一の手掛かりだ。

「ここまでは逃げてきたが、今度はそうはさせないぞ」

という強い思いがある。

夜半に押し入り、主人を襲って大金を奪う。二年半前の深川の太物屋の件はともかく、今年四月の芝での押込みは、同一の者たちの仕業だと考えていた。手口の凶悪さに、腹が立っていた。

「許せないぞ」

という決意だった。忍谷のように、「手を抜く」などということは、考えられない。

「ただな」

盗んだ根付を金に換えるとしたならば、古物屋か質屋になる。江戸市中には、多数の店があった。労を惜しむつもりはないが、なかなかの手間だと思われた。土地の岡っ引きには、蔵前《くらまえ》や下谷《したや》、湯島《ゆしま》や本郷《ほんごう》あたりを回らせることにした。

そして凜之助は、翌日から町廻り区域の日本橋界隈で聞き込みを始めた。一軒ずつ回ってゆく。

昨日は主人や番頭に、下手だと言われた絵を見せた。『正』の文字については確認する。名品ならば、探しやすいかもしれない。

奪った賊がすでに売りに来ていたら、そのときはそこから足取りを洗う。現れていなかったら、売りに来たときには、すぐに近くの自身番へ告げさせる段取りだ。

「明らかな盗品だと分かれば買いません。身元の知れない方からは買わないようにしていますが、売りに来た人によっては買います」

古美術品を扱う店の親仁《おやじ》は言った。

「どういう場合だ」

「株を売ったばかりのご直参などです。それならば、盗品ではありません。残っていた最後の家宝を、売りに来ます」

「どこで分かる。謀《たばか》りを口にしているかもしれぬではないか」

「お話を伺い、身なりを見ていれば分かります」

長年の勘だと胸を張った。

数軒廻ったところで、凜之助は、日比谷町の質屋三河屋へ行った。ここの主人清七は留守で、店番をしていたお麓が相手をしてくれた。

「まあ、凜之助さま」

満面の笑顔を向けた。文ゑのお気に入りで、凜之助は祝言を挙げることを薦められていた。気持ちを確かめたわけではないが、お麓もまんざらではないだろうと感じていた。

これまでも、調べごとでは手助けをしてもらった。

「許せないやつらですね」

お麓は当然事件のことは耳にしていて、怒りをあらわにした。明るく気持ちを面に出す娘だ。働き者でもあり、気持ちをはっきり伝える。文ゑはそのあたりを気に入って、凜之助との話を進めたがっていた。

「でも、一軒一軒廻るのはたいへんですね」

「そうだが、仕方があるまい」

「明日には質屋仲間の寄り合いがあります。そこで肝煎《きもい》りに話してもらってはいかがでしょう」

「なるほど、世話役から言ってもらえたらば話が早いな」

質屋仲間の肝煎りは深川今川町《いまがわちょう》の岩永屋《いわながや》で、主人は惣左衛門《そうざえもん》という人物だそうな。凛之助は知らない人物だ。

「岩永屋さんへは、ご一緒します」

早速、深川へ向かう。歩きながら、事件のここまでを話した。

「手掛かりが根付だけとなると、凛之助様も骨が折れますね」

と同情してくれた。根付を質入れに来る者は、それなりにいる。名品から安物まで様々ある品なので、鑑定は難しいと言った。偽物も出回る。正次郎という根付職人の名は知っていた。

「それにしても、今回と四月の押込み先は、どちらも繰綿問屋なのですね」

お麓に言われて、なるほどと思った。偶然なのか、繋がりがあるのか。探ってみてもいいと思った。

岩永屋へ着いた。主人の惣左衛門は留守で、跡取りの惣吉《そうきち》という若旦那が店番をしていた。二十歳前後で、相手が定町廻り同心でも物怖じする様子はなかった。

お麓とは親しいというほどではないが、何度かは会っているとのこと。凛之助が、来意を伝えた。

「押込みが奪った品でございますね。承《うけたまわ》りました。父親に伝えておきます」

と生真面目《きまじめ》な表情になって頷いた。正次郎の根付について聞いた。

「鼠と俵の縁起物を好んで拵えました。鼠の表情や俵の様子など、丁寧な仕上がりになっていて、求める客は少なからずいます」

根付や印籠については、真贋《しんがん》を見極める自信があると告げた。商いには、熱心な者のようだ。

その後凛之助はお麓と別れて、深川界隈の古物屋を当たった。正次郎の品を置いていそうな店を、惣吉に教えてもらった。

深川界隈の古物屋へは、目当ての品を持ち込んだ者はいない。調べごとをするとき、江戸は広いと感じる。持ち込まれた場合の対応を伝えた。

四

凛之助は傾き始めた西日を浴びながら、永代橋《えいたいばし》を西へ渡った。冷たい川風が吹き抜けた。近頃はこの刻限になると、にわかに冷えてくる。

凜之助の頭の中では、お麓が漏らした、「今回と四月の押込み先は、どちらも繰綿問屋なのですね」という声が響いていた。

繰綿を商う問屋は、江戸には少なからずある。母文ゑの実家が、繰綿問屋だった。だから商いの様子は、子どもの頃から見ていた。知らず知らずのうちに、繰綿商いについてはそれなりの事情が分かるようになった。

繰綿とは、実綿から種子を除いた未精製の綿で、木綿織物や布団綿の原料となった。温暖な土地でしか採れないので、西国から大坂へ集められ、菱垣《ひがき》廻船に載せられて江戸へ運ばれた。

毎年大量の繰綿が江戸へ入津《にゅうしん》しているが、江戸では消費されなかった。繰綿は、糸に紡いでから織りの作業に入る。これは江戸では行われない。おおむね北関東や関八州の農村で、農閑余業として行われた。

西国で仕入れた繰綿を江戸に集め、さらに東北や関八州の地回り問屋へ卸すのが、江戸の繰綿問屋の商いだった。

徳川家の御世《みよ》になる前、百姓や町人は、麻布を着物にしていた。しかし流通が盛んになって、木綿は西から東へと各地に広がった。木綿は冬に暖かく、夏は汗を吸い込む。そして洗えば、汚れは容易く落ちた。

絹のように、高価でもない。

今では身分の上下に関わりなく、人の暮らしに欠かせない品となった。したがって繰綿の消費量は多く、江戸の問屋では大金が動いた。井筒屋が奪われた六百五十三両は高額だが、繰綿問屋が扱う金高としては、目が飛び出るほどのものとはいえなかった。

「繰綿問屋を狙うのは、押込みの側からすれば、都合のいい相手なのかもしれないぞ。入金や支払いの時季さえ外さなければいいのだからな」

凜之助は声に出して言った。

ともあれ井筒屋へ行って、若旦那の茂太郎と番頭梅造に会った。二人とも、疲れた顔をしていた。

茂三郎の葬儀の後は、支払いのための金子集めに奔走したのである。

「金策は、うまくいっているか」

「よろしくありません。お調べは、いかがでございましょう」

首を捻《ひね》ってから、すぐに問いかけてきた。早期の事件解決を望んでいるから、凜之助の調べには助力を惜しまない。

「押込みを受けた河内屋と井筒屋は、どちらも繰綿問屋だ。繋がりはあるのか」

疑問点をぶつけたのである。

「芝の河内屋さんのことは存じています。お通夜の折には、同業として私が焼香に伺いました」

と梅造。茂三郎の通夜には、向こうの新たに番頭となった者が姿を見せた。

「とはいえ私どもでは、それ以上の関わりはありませんでした」

茂太郎と梅造が続けた。仕入れ先も、販売先も重ならない。

「同業でも、商売敵にはならないわけだな」

「はい、縁戚もありません」

凜之助は腕組みをして、首を捻った。

「しかしな、偶然だとは言い切れぬ気がするが」

「さようでございますね」

茂太郎と梅造も、否定はしなかった。二人はしきりに首を捻ったが、繋がりになるものは浮かばなかった。

次に凜之助は、芝の河内屋へ足を向けた。店の敷居を跨《また》ぐ前に、近所で評判を聞いた。

「あの事件以来、どうもよくないようだけどもねえ」

繁盛をしている様子ではないらしい。少しの間店の様子を眺めたが、活気のある印象は受けなかった。

店に入って、主人の又右衛門《またえもん》を呼び出した。四十前後の歳で、やり手という雰囲気はない。ここでは番頭が殺され、三百八十両を奪われた。

「前と比べると、ずいぶんと苦しくなりました」

又右衛門は、ため息交じりに答えた。奪われた金子は、支払いのための金子で、改めて用意するのに手間取った。

「そうであろう。よく支払いができたな」

「借りたのでございますがね」

高利の金も借りたとか。今はその後の利払いが厳しいと漏らした。

「支払いの期日を守るためには、仕方がなかったわけだな」

「西国の商人は、情では支払いを待ってくれません」

高利の金など、借りたい者はいない。それから凜之助に頭を下げた。

「早く賊を、捕らえてくださいませ」

声に、恨みと憎しみが混じっている。そして向こうから、井筒屋が襲われたことを話題にした。

「あそこも、商いが厳しくなるでしょうねえ」

井筒屋とは、関わりはないか。今訊いてきたばかりだが、こちらからも尋ねた。

「稼業は同じでございますから、寄り合いで会えば挨拶はいたします」

ただ商いの面では、繋がるものはないと告げられた。

「ならば、たまたま重なったということか」

この日も小石川養生所からは、寝ている賊の容態に変わりがあったという知らせはなかった。三雪が、通ってくれているらしかった。

一日の調べを終えて、凜之助は八丁堀の屋敷に帰った。迎えに出た文ゑは、祝言については何も口にしなかったが、朋からは話題にされた。

「三雪どのは、養生所でよくやっているようです。よい娘ごです」

「まことに」

言葉に異論はなかった。

「どうですか、そろそろ腹を決めては」

「はあ」

朋は一歩前に出てきたと思った。ただ凜之助にしてみたら、凶悪事件を抱えて、それどころではない気持ちだった。

「あの娘も十八歳になりますよ。いつまでも、中途半端なままにはできますまい」

返す言葉がなかった。ただ文ゑの考えもある。お麓がいい娘だというのも分かっていた。

「もし祝言を挙げるとするならば」

胸の内で呟いた。三雪かお麓か、どちらかしか考えられない。けれどもそれは、ずいぶんと身勝手な考えだとも思われた。選ぶというのは不遜《ふそん》だ。

ただ長くそのままにはできないとは感じた。朋が言う通り、三雪は嫁に行くべき歳だ。自分の勝手で、行き遅れにはさせられない。

松之助にも、挨拶をした。事件に関する調べの報告をした。

「そうか、河内屋と井筒屋は関わりがないか」

「そのようで」

「ならば念のために、結城屋も当たっておくがよい」

「しかしあそこは、繰綿商いではありません」

「いや、太物屋ではないか。木綿に関わる商いだぞ」

告げられて、そうだなと考えた。考える範囲を広げると、三つの店はまったく関係がないとはいえなかった。松之助らしい考え方だと思った。

それから朋から告げられた祝言の話をした。

「うむ。そうだな」

捕り物のときとは、まったく様子が変わった。

「文ゑが何と申すか。そこが問題だな」

自分の思いは口にしなかった。松之助は、家のことになるといつもそうだ。朝比奈家では、二羽の牝鶏が事を決める。

朋と文ゑはぶつからないように過ごしているが、万事に考え方や好みが異なっていて、歩み寄る気配はなかった。二羽の牝鶏の考えが合わなければ、雄鶏《おんどり》ではどうにもならない話である。

元辣腕の定町廻り同心も形無しで、口出しができなかった。これでは縁談は進まない。

五

次の日凜之助は町廻りの後、永代橋を東へ渡って深川一色町の太物屋結城屋へ出向いた。一回の支払いに四百二十両も用意する商いだから大きな店構えかと予想したが、そうではなかった。

間口三間半（約六・四メートル）の店で、かろうじて商いをしているといった印象だった。ざっと外見を目にしただけでは分からず、店に入る前に、自身番の初老の書《かき》役《やく》に話を聞いた。

「押込みに入られる前は、繁盛していて勢いもあったのですがねえ」

問いかけを受けた書役は、そう返した。主人の錦右衛門は、三十五歳になるという。

「金を奪われて、気力をなくしたわけか」

「そうでしょうね。一時は、潰れるぎりぎりまでいったと聞きました」

跡取りには十一歳の錦《きん》次《じ》郎《ろう》がいるとか。賊に襲われて、順調だった商いが傾いた。奉公人の数も、減らしたそうな。主人や跡取りとしては、無念なことに違いない。

それから凜之助は、結城屋の敷居を跨いだ。

「これは、町方の旦那」

帳場の奥にいた羽織姿の男が、錦右衛門だった。艶《つや》と覇気のない顔をしている。黒羽織のいきなりの訪問には驚いたらしかった。

「二年半前の押込みについて、尋ねたい」

凜之助の言葉に、一瞬目を輝かせたかに見えたが、すぐに萎《しぼ》んだ。

「お調べをいただけるのですか」

「話を聞かねば、何ともなるまいがな」

「さようでございますね」

と言って、肩を落とした。そして呟くように漏らした。

「たとえ捕らえることができても、賊たちはもう、金子を使ってしまったでしょうから」

ため息になった。

「襲われたときの模様を話してもらおうか」

「はい。それはかまいませんが」

夜半に、いきなり体を乱暴に揺すられた。目を覚ますと、燭台《しょくだい》の明かりを顔に近づけられた。

「怖ろしゅうございました」

その折の場面が目に浮かんだのか、わずかに体を震わせた。体を揺すられるまで、気がつかなかった。外の気配がおかしいとは感じたが、眠さが先に立った。

一通り話を聞いたが、南町奉行所の綴りにあったものとほとんど同じだった。新しいことは聞けなかった。

井筒屋と河内屋には繋がらない。

「二つの店に押込みがあったのは知っていますが、商いの上での関わりはありません」

と告げた。

「どちらも、これからがたいへんでしょうね」

と続けた。

「この店も、押入られた後はいろいろあったのであろう」

四百両以上を奪われれば、後始末がたいへんなのは当然だ。

「ええ、命だけは助かりましたがね、支払いには困りました」

「どうやって凌《しの》いだのか」

「店の半分を手放しました」

いかにも無念といった表情になっている。足元を見られて、買い叩かれたとか。

「それにね、顧客が離れていきました。不用心な店と見られたようです」

いつの間にか、そんな噂が立った。

「賊がしたたかだったのであろうな」

「まったくでございます。押入られたときは怖かったですが、後になって考えると、手際よく金子を持ち去られたような」

歯向かわなかったのは、恐怖で体が動かなかったからだ。とはいえ歯向かっていたら、殺されていたかもしれない。

「商いを続けられたのは、何よりではないか」

「はい、潰れると思いました」

「危ないところを乗り切れたのは、その方の才覚であろう」

一応立ててやる。今の覇気のなさから見る限り、己の力ではなく、誰かに助けられたからだとは分かる。

「まあそうですがね、助けても貰いました」

「親戚筋だな」

「まあ」

一軒は太物屋で、後は両替屋と繰綿問屋だった。


「どんなところだ」

それで目の前の男の、背後が見えてくる。錦右衛門は四軒の商家の名を挙げた。二軒は太物屋で、後は両替屋と繰綿問屋だった。

「そうか」

繰綿問屋が出てきたのには、気持ちが動いた。

「それで店の半分は、残すことができました。あれがなければ、暖簾《のれん》を残せませんでした」

「仕入れの金子は、それで支払えたわけだな」

「どうにか」

「すべて親戚筋なのだな」

念を押した。

「それもありますが、他にもありました。思いがけない相手で、涙が出ました」

「どこの誰か」

「先ほど申しました、繰綿問屋でございます」

「詳しく話してみよ」

一番聞きたいのは、そこだった。押込みに遭った三つの店が、繰綿で繋がる。

「私は結城屋へは婿として参りました」

奉行所の綴りには、記載されていなかった。

「前の奉公先か」

「まあそういうことで」

「それは温情のある店ではないか」

「店というか、今の主人が私とそこの朋輩《ほうばい》でした」

「その者も、婿に入ったわけだな」

「さようで」

同い歳で、同じ頃に奉公をした。右も左も分からないときで、助け合った仲だという。

「昔の絆だな」

「はい」

「どこの店か」

「京橋金六町《きょうばしきんろくちょう》の繰綿問屋で、摂津屋《せっつや》と申します」

「大店だな」

「はい。あのあたりでは、老舗《しにせ》といっていい店です」

心の臓が熱くなった。

「これも偶然か」

凛之助は小さく口に出したが、そんなわけがないと胸の内で打ち消した。

「摂津屋は、河内屋や井筒屋と何か繋がるのか」

「同業というだけで、関わりがあるとは聞きませんが」

摂津屋について訊いた。主人は庄左衛門《しょうざえもん》で、小僧や手代のときは弥助《やすけ》と名乗っていたという。錦右衛門は利吉《りきち》だった。

南町奉行所へ戻った凛之助は、外出していた忍谷の帰りを待って問いかけた。忍谷の町廻り区域は京橋界隈と八丁堀界隈だった。

「摂津屋庄左衛門ならば、知っているぞ」

忍谷は言った。親しいわけではないが、町の旦那衆の一人だから、通りで会えば挨拶をしてくると言い足した。摂津屋の名が出るに至った経緯を話した。

「そうか。おれの町廻り区域で、面倒なことはごめんだがな」

胸を張った。忍谷はそれでも、摂津屋について、分かっていることを話してくれた。

「庄左衛門は十三年前に、一人娘だったお楽《らく》と祝言を挙げ、跡取りになったと聞くぞ」

そのときはまだ、忍谷は同心になっていなかった。

「誠実な働き者という評判だが」

と続けた。お楽との間には、十二歳の倅弥太郎《せがれやたろう》と九歳の娘お夕《ゆう》がいるとか。

「日頃の庄左衛門を見る限り、押込みに関わりがある者には感じないぞ」

忍谷は言った。

六

繰綿問屋が重なったとはいえ、それが直ちに他の二つの押込みに繋がりがあるとするのは早計だと、凜之助は気持ちを引き締めた。次に押込みを謀《はか》るとして、そこが繰綿問屋かどうかは分からない。

結城屋の主人錦右衛門の奉公先が繰綿問屋だったというのも、たまたまそうだったと受け取ることが可能だ。

ただ捨てきれない気持ちがあった。そこへ小石川養生所から、重傷の賊が目を覚ましたという知らせが飛び込んできた。

「よし」

凜之助は、小石川養生所へ走った。目覚めた賊の一人が、疑問のすべてを解決してくれるだろう。

病間へ駆け込んだ。

賊の枕元には、医師の榊原と三雪がいた。賊は、眠りの中にいた。やや拍子抜けした気持ちだった。

痛みがあるのか、時折顔を歪めさせた。四か所の骨折があり、肉を抉られた部分もあると聞いていた。

「看取っていたら、初めて目を覚ましました」

三雪が、その折の話をした。

「何か、言いましたか」

「いえ、何も。事情が分かっていないのだと思いました」

「痛みも引かない。まだ己が何をしたかも分かっていないのではないかと思われる」

榊原が、三雪の言葉に続けた。

そしてすぐに、再び眠りに落ちたとか。

「四か所の骨折があり、罅《ひび》の入った部位もある。肉の剝がれた部分や激しく殴打された箇所の回復もまだだが、徐々によくなってゆくと存ずる」

「それはありがたい。命を取り留めることができるわけですな」

凜之助はほっとした思いになって頷いた。今は目を閉じていても、いずれ話を聞くことができるようになる。

「いつになったら、話せるようになるのでござろうか」

「さあ、それは何とも言えぬが」

治療をしても、殺人を犯した上で多額の金子を奪った賊の仲間である。獄門は免れないところだ。しかしだからといって、このまま死なせるわけにはいかなかった。

犯行に関する詳細を話させた上で、裁きにかけなくてはならない。

「何かがあれば、すぐにお伝えいたそう」

榊原は言った。外はすっかり暗くなっていた。賊が目を覚ます気配はなかった。

凜之助は三雪と共に、八丁堀へ戻ることにした。

「連日のご尽力、かたじけない」

「いえ、あの患者だけに取り立てて何かをしているわけではありません。ただ重病ゆえ、手をかけています。生かしておきたい重罪人だからではありませぬ」

三雪らしい返答だ。生き死ににについては、善人も悪人も同じだと告げている。

「しかしあれだけの怪我で、よく峠を越したと存ずる」

凛之助としては、三雪の看護に対して、礼を伝えたつもりだった。

「榊原さまは、長崎で蘭方の医術を学ばれてきました。そのお腕前は、治療に役立っています」

「なるほど」

小石川養生所で数年治療に当たり、代替わりの折には表御番医師として登城することになる。御目見《おめみえ》だ。

賊の一味であることに対してどう思っているかは分からないが、医術に対しては真《しん》摯《し》な人物だと感じた。

「このところ朝夕冷えてきて、風邪を引く者が増えました。初めは軽く見て、拗《こじ》らせた者がやって来ます」

「それはいけませんな」

三雪とは、他の養生所の患者についても話をした。つい先日、朋から三雪との祝言について背中を押されたばかりだ。三雪と話をすると気持ちが落ち着くが、その話はどちらもしない。

八丁堀の網原家の屋敷前まで送って別れた。少しだけ遠回りだが、気にはならなかった。

凛之助が朝比奈家の玄関に立つと、文ゑがいつものように迎えに出た。そこで文ゑは、声を潜めた。

「今日は、裁縫の稽古がありました」

「存じています」

「お麓どのは、よくやっておいでです。縁談を進めなくてはいけませんね」

と言われてどきりとした。朋だけでなく、文ゑも迫ってきた。たった今別れた三雪の声が、まだ耳に残っている。

「はあ」

曖昧な返答しかできなかった。

「腹を決めなくてはなりません。お麓どのに、不満がありますか」

「いいえ。よき娘ごかと」

「それ、ごらんなされ」

追い詰められてゆく印象だ。

朋と文ゑが、三雪とお麓の話をしてきてからもうずいぶんになる。そろそろ決着をつけてもよい頃ではないかと、凛之助も考えた。

朋に帰宅の報告をした後で、凛之助は松之助の部屋へも行く。朋は、今日は祝言の話をしなかった。ほっとした。

朋と文ゑが、祝言について話し合ったかどうかは分からない。それぞれが勝手に進めていたら、波乱になるだろう。

鳥籠造りの手を止めた松之助に、凜之助は一日の報告をした。籤の用意はできて、今日は組み立てに入っていた。

「小僧から手代へと、苦労を共にした仲間という気持ちがあれば、摂津屋は助けるであろうな」

松之助は摂津屋を知らない。

「女房との間も、うまくいっているのであろう」

と付け足した。

「商人だと言っても、算盤だけで付き合うとは限らないと思います」

「うむ。その関わりで出てきた繰綿屋だからな。摂津屋が井筒屋や河内屋と繋がりがあるかどうかは、他の者からも確かめておいた方がよかろう」

「かしこまりました」

「怪我の賊が目を覚ましたのは、何よりだった」

「はい。口が利けるようになったら、すべてを喋らせます」

しょせん盗賊仲間だから、欲に駆られてつるんでいるだけだと見ていた。しかも、自分を置いて逃げた者たちだ。今となってはどうにもならない身の上だから、詳細を話すだろうと見ている。

「どういう心づもりで仲間に入っていたかによっては、聞き出すのに手古摺《てこず》るかもしれん。それは頭に入れておけ」

松之助は、凜之助の思惑に水を差すようなことを口にした。

七

次の日凜之助は、京橋金六町の摂津屋へ足を向けた。町廻り区域ではないので、初めて訪ねる店だ。芝口橋《しばぐちばし》の近くの町だ。

摂津屋は間口六間（約十・九メートル）で、汐留川《しおどめがわ》に面している。川向こうは芝となる。河岸道を歩く人の姿は多く、川面ではひっきりなしに荷船が行き来をしていた。

自身番の書役に訊くと、何代も続く老舗だと伝えられた。主人の庄左衛門は、仕入れのために年に一度は西国へ出向くと伝えられた。北関東や東北へも足を延ばす。

「やり手ということか」

「手堅いとの評判ですね」

奉公人からの叩き上げで、十三年前に婿として店に入った。それまでは弥助と呼ばれていた。結城屋で聞いた話と重なる。

「引き継いだ店を、律儀に守ってきたわけだな」

「初めは頼りないと感じた方もいたようですが、なかなかどうして」

「夫婦仲はどうか」

一応聞いてみた。松之助はよさそうだと言っていたが、分からない。入婿という立場だ。鴛鴦《おしどり》に見えても、どうにもならない冷え切った関係になる夫婦も、前には見た。

「取り立てていいようにも見えませんが、子どもを連れて四人で祭礼に行く姿は見かけますよ」

悪くはなさそうだ。町の旦那衆として月行事などもこなして、近所の評判はいいと書役は話した。

話半分に聞いて、凜之助は摂津屋の敷居を跨いだ。

「これはこれは、ご苦労様でございます」

町廻り区域が異なる定町廻り同心の訪れに、庄左衛門は少し驚いた様子だった。何の用かと疑う目があって、どこか怯えるような、気の弱さのようなものも感じた。

「その方、結城屋錦右衛門を存じているな」

「はい。深川の太物屋主人で、昔の朋輩でございます」

「結城屋は、二年半前に賊に押し入られた」

「恐ろしいことでございました」

ここでも怯みのような、気の弱さを感じた。とはいえ押込み強盗に遭った話は、誰にとっても愉快な話ではないだろう。恐怖心が湧いたとしても、おかしくはない。ましてや昔馴染ならば、なおさらだ。

「結城屋が襲われたときの、耳にした事情について聞きたい」

訪ねた意図を伝えると、わずかにほっとした顔になった。

「驚きました。まさかあの店に」

「襲われるような何かが、あったのか」

「とんでもない。利吉さんに限って」

昔の名で呼んだ。

「金子の後始末で、手助けをしてやったのだな」

「摂津屋で長く奉公した者でございますので」

「いかほどか」

「五十両でございます」

わずかに躊躇《ためら》ってから、庄左衛門は言った。それなりの金高だ。

「女房や親戚筋は、反対しなかったのか」

いくら元奉公人でも、普通ならばせいぜい一、二両の見舞金程度ではないかと考える。それがその金高となると、いくら主人でもすんなりとはいかないのではないか。

「親戚筋はいい顔をしませんでしたが、女房は承知をしました」

その金額ならば、出せるという判断のもとでだ。

「上げたのではありません。少しずつ、返済してもらっています」

滞ることはないと付け足した。

「それにしても、よほど親しかったのだな」

「はい。女房も、錦右衛門さんのことはよく知っていました」

金の貸し借りについては、どのような関わりであろうと、それぞれの思いが絡む。よほどの繋がりなのは間違いない。

庄左衛門の話しぶりを聞いていると、不誠実な者には感じなかった。凜之助は、話題を変えた。

「先日は堀江町の井筒屋が、四月には浜松町の河内屋が襲われた。存じているな」

「はい。評判になりました」

「どちらも繰綿問屋だ」

そう告げると、庄左衛門は顔を強張《こわば》らせた。わずかに躊躇う様子を見せてから、口を開いた。

「うちも、狙われるということでしょうか」

気持ちを抑えようとはしていたが、動揺は見て取れた。

「思い当たることがあるのか」

「いいえ、そういうことではありません。ただ同業が二軒続けて押込まれたとなると、他人事ではございません」

なるほど、その気持ちはわかる。このとき、「お帰りなさいませ」という声が店の中に響いた。出入り口に目をやると、三十をやや過ぎた歳の女と、十二、三歳くらいの男子と十歳くらいの娘が姿を見せていた。

「女房のお楽です」

庄左衛門は、凜之助に紹介をした。子供二人は、弥太郎とお夕だそうな。

「お世話になっております」

お楽は丁寧な挨拶をした。取り立ての美形ではないが、賢そうな女に見えた。お楽は二言三言庄左衛門と言葉を交わすと、奥へ入っていった。

馴染んだ夫婦の会話だと感じた。

その後も庄左衛門と話をしたが、襲われた繰綿問屋二軒との間に、関わりがあるとは思えなかった。

凜之助が南町奉行所へ戻ると、深川の質屋の若旦那惣吉から言付けがあったと伝えられた。

「根付はすでに、売られていたということで」

聞き取った奉行所の小者が伝えてきた。

一昨日依頼をして、昨日質屋仲間の寄り合いで、鼠と俵の根付のことが伝えられた。その後は宴席になったとか。

持ち帰った各質屋は、今日になって検めた。そこで根付が売られていることが分かった。

本所相生町《ほんじょあいおいちょう》の質屋だった。持ち込まれたのは、犯行のあった翌日のことである。形は似ているらしい。

まずはそれが、本物かどうか検めなくてはならなかった。

凛之助は井筒屋へいって、茂太郎を呼び出した。

「すぐに参りましょう」

二人で本所相生町へ向かった。犯行当夜奪われた品ならば、押込みたちに一歩近づける。急いだ。

第二章　世を忍ぶ名

一

凜之助が本所相生町の質屋へ行くと、岩永屋の惣吉も姿を見せていた。関わった以上、ここまでは付き合うつもりらしい。

「ええ。根付は三日前の昼前に、二十代半ばの歳のお武家様がこちらへお持ちになりました」

質屋の中年の主人は言った。浪人者だと告げられたが、尾羽打ち枯らした貧しい身なりではなかったとか。

「親から譲り受けた品だが、どうしても金に替えなくてはならぬ」

と告げたという。不逞《ふてい》浪人といった気配はなかった。浪人になって間もない侍が、金子に替えられそうな昔からの品を持ち込むことは少なくないという。

「盗品とは思わず、引き取りました」

主人は言った。早速、質入れされた品を茂太郎が検めた。いかにも大事そうに手に取った。

「これに、間違いがありません」

手に取って裏表検めたところで口にした。

「そうか」

盗人は姿を現していた。

「動きが早かったですね」

惣吉が言った。こちらが調べをすることを見越して動いていたと察した。

「品を持ち込んだ者の名が分かるか」

質入れならば、記しているはずだった。

「はい。分かります」

主人は、開かれた綴りを差し出した。そこには松坂町《まつざかちよう》蔦兵衛《つたべえ》店住まい、内坂伝五郎《うちさかでんごろう》とあった。正次郎作根付十七両と記されている。

高額で買い入れていた。

「正次郎の作だぞと、おっしゃいました」

価値が分かる者だとなる。

「品は確かでございます」

主人も惣吉も認めた。

「内坂伝五郎は、まことの名でしょうか」

「松坂町蔦兵衛店を確かめるしかあるまい」

惣吉の問いかけに、凜之助は返した。根付をどうするかは、今いる相生町の質屋と井筒屋で話し合ってもらう。捕らえられなければ、十七両は戻らない。

凜之助は、松坂町蔦兵衛店へ向かった。気になるのか、惣吉もついてきた。

「そういう長屋があるかどうか分からぬが」

「本当の名は、告げないでしょうね」

自身番へ行くと、蔦兵衛店はあった。町内の、古い長屋だった。さらに大家の住まいへ行った。

「今、内坂というご浪人は、長屋にはおいでになりません」

「ではこれまでに、そういう名の者が部屋を借りていたことはないか」

大家は二年前に、家主に雇われた。それ以前のことは分からない。借家人の移動を記した綴りがあるというので、検めさせた。分厚い綴りを捲《めく》ってゆく。

「ああ、ありました。二年前の四月まで、お住まいでした」

やって来たのは四年前で、請《う》け人もいた。江戸では、長屋一つ借りるのにも請け人が必要だった。

同じ町内のしもた屋に住む、錺《かざり》職人だった。

賊に辿り着けるかと思ったが、その錺職人は、二年前に亡くなっていた。内坂なる浪人者について訊くことはできなかった。

「長屋に、その頃から住んでいる者はいないか」

と尋ねると、鋳掛《いかけ》屋の夫婦が暮らしていると大家は言った。住人の移動は、少なからずあった。

そこで凜之助は、鋳掛屋の住まいへ行った。亭主は商いに出ていたが、中年の女房からは話を聞くことができた。

「ええ。そういえば、いましたね」

思い出す顔になって言った。長屋に住んでいたのは、やはり二年半前までだったとか。だとすると深川の結城屋を襲った時期と重なる。

「暮らしぶりは、どうであったか」

「とっつきにくい感じはありましたけど、乱暴をするようなことはなかったですね」

「浪人だとしても、前は直参だったのか、どこかの藩士として過ごしていたのか、そういう話を口にすることはなかったのか」

「話しませんでした。自分のことについて話すなんて、一度もなかったですよ」

「では、誰かが訪ねて来ることはなかったか」

「あったかもしれませんが、覚えていません」

わずかな間、同じ長屋に暮らしただけの者だ。親しかったわけではない。ただ内坂伝五郎と名乗っていた浪人者が、押込みの一人であることは明らかだった。

「内坂なる浪人者は、どうやって暮らしの糧を得ていたのか」

「さあ」

「親しかった者はいないか」

「いたかもしれませんが、あたしには分かりません」

「酒は飲んでいたか」

「飲んで帰ってきたことはありましたね」

どこで飲んでいたかなど分からない。そこで町内の酒を飲ませる店や一膳飯屋を当たることにした。

「内坂伝五郎さまねえ」

煮売り酒屋の女房は首を傾げた。二年半という歳月は、それなりに長い。

「いろいろなお客さんが見えて、来なくなります。取り立ててのことがなければ、忘れますね」

女房は正直だと思った。

「お見えになったかもしれませんが、いちいち名を伺うわけではありませんので」

これは、一膳飯屋の親仁の言葉だ。町内を聞き歩いた限りでは、内坂伝五郎には辿り着かなかった。

気がつくと夕暮れどきになっていた。冷気が、薄闇と共に迫ってくる。道行く者たちは、足早になっていた。

「もう、引き上げるがよい」

それまでついてきていた惣吉に、凜之助は言った。

「はい。そういたします」

そう告げてから、顔を向けて言った。

「さすがに町方のご同心様は、念入りでございますね」

「……」

いきなり、何を言い出すのかと思った。当然のことをしていただけだ。

「得心が行くまでなさいます。ご同心様は、お調べについてはかくあるべきだと存じました」

口にした後で、生意気なことを言ったと頭を下げた。惣吉とは、本所で別れた。

二

その夜も凜之助は、鳥籠造りをする松之助に一日の報告をした。土台になる部分が、出来上がっていた。

「そうか、押込みの二人目が現れたわけだな」

「はい」

とはいえその姿は、あまりにおぼろげだ。

「長屋のある松坂町界隈はすべて当たったのですが、それらしい者は浮かんできませんでした」

明日は周辺の町を廻ると伝えた。

「それでよいが、まだ聞き込みが済んでいない者がいる」

と告げられて、凜之助は首を傾げた。

「鋳掛屋の亭主だ」

「ああ」

告げられてやっと気がついた。商いに出ていて、話を聞けなかった。抜かっていた。惣吉から「念入り」だと言われていい気になっていたが、自分はまだまだ配慮が足りないと思った。

「小石川養生所の賊はどうか」

「今日は三度目を覚ましたようですが、すぐに眠りについたそうで」

町奉行所へ戻ったときに聞いた。

「明日あたり、しっかり目を覚ますのではないか」

松之助は言った。


翌朝凜之助は、八丁堀の屋敷から直に本所松坂町の昨日訪ねた長屋へ行った。鋳掛屋が稼ぎに出る前を狙ったのである。

「これは旦那」

凜之助が顔を出すと、鋳掛屋は出かける用意を済ませたところだった。裏長屋の朝は早い。他にも、振り売りに出ようとしている者がいた。

内坂のことで尋ねてきたことは、女房から聞いているらしかった。

「あっしも、あの旦那と親しく話をしたことはありやせん」

期待したが、あっさりと返された。

「外で、見かけたことはないか」

「かかあに言われて思い出したんですがね、回向院《えこういん》門前で見かけたことがありました」

「一人か」

「いえ、三人でした。後の二人はお侍ではなく、町人でした」

「顔は見たな」

「ええ、見たはずですがね、ちらとだけです。まったく覚えていませんね」

「いつのことだ」

「二年半くらい前です」

それならば、一緒にいた者の顔を覚えていなかったとしてもおかしくはない。時季から考えると、結城屋へ押込んだ前後のことと察せられた。

「それで内坂らは、どうしたのか」

「三人は、回向院門前の居酒屋へ入りました」

その店の屋号を聞いた。わらじ屋というもので、凜之助はそちらへ足を向けた。

飲食をさせる小店が並んでいる。店はまだ商いをしていなかったが、中を覗いて女房を呼び出した。

「お武家様を交えた三人連れですか。そういう方も、たまには見えますよ」

女房は言った。そして続けた。

「でもこの辺りには、ご浪人はたくさんいますからねえ」

破落戸や無宿者と組んで、強請《ゆすり》たかりを働く不逞浪人は、本所あたりには多い。

「浪人でも、そのような者ではなさそうだが」

内坂伝五郎という名を知らせたが、反応はなかった。

「二年半前に来て、それきりのお客さんのことなんて、覚えちゃあいませんよ」

とやられて、返す言葉はなかった。ただそれが結城屋へ押込んだ仲間ならば、三人は本所界隈で暮らしていたことになる。いくつかの町の自身番へ行って、三人組が、何か起こしていないか訊いた。

「浪人者を交えた小さな悶着《もんちゃく》は、毎日のようにどこかで起こっています」

内坂という名は、耳にしたことがないと言われた。考えてみれば、内坂なる名が、本名かどうかも分からない。

ただ考えられることは、一色町の結城屋が襲われた前後、本所界隈に賊の三人がいたのではないかという点だった。

そしてもう一つ、推量できることがあった。人数は変わっても、三つの押込みが内坂らの仲間だとすると、結城屋を襲った後、次の襲撃まで二年の間があったことになる。

「懐には、四百二十両も入っている。江戸を離れて、どこかの地へ行ったのではないか」

それだけあれば、どこでも面白おかしく暮らせただろう。そして仲間が一人増えて、江戸へ戻って来た。凜之助の予測だ。

「もう一度、どこかでやるか。それとももう江戸から離れたか」

少なくとも押込んだ者たちは、今は本所界隈にいないと考えられた。そうなると、やはり気になるのは、小石川養生所で眠る賊の仲間だった。

三

凜之助は、小石川養生所へ足を向けた。松之助も言っていたが、賊はそろそろはっきりと目を覚ますのではないか。そんな期待があった。

それともう一つは、賊の仲間が、命を奪うのではないかという危惧だ。喋られては具合の悪いことがあるだろう。

すぐには木戸門を潜《くぐ》らず、養生所の周辺を検めた。建物の周辺は、御薬園《おやくえん》になっている。凜之助にはよく分からないが、様々な薬草が育てられていると、前に三雪から聞いたことがあった。周辺は武家地が多いが、小石川村には百姓家があった。

養生所には町の者だけでなく、近隣の農家からも、病人がやって来る。見かけない者も現れるが、不審者というのとは違う。

「怪しげな者は、見かけませんが」

近くの住人に尋ねると、そういう返答があった。

それから凜之助は、養生所の敷居を跨いだ。今日は朝比奈家で書の稽古があるので、三雪は姿を見せていなかった。

寝ている賊の傍には、榊原がいた。

「どうやら、目を覚ますようです」

挨拶もそこそこに、そう告げられた。顔を見ていると、顔や体に微かな動きがあった。痛みがあるらしいのは先日と同じだが、それはいく分治まっているかに見えた。腫れはだいぶ引いている。

凜之助は榊原の反対側の枕元に座って、眠る男の顔を見詰めた。目の縁が小さく震え、唇が歪んだ。いよいよ目を覚ましそうな気配だ。

凜之助は体を前に乗り出した。

そして少しして、微かな呻《うめ》き声を漏らした。薄く目を開いた。周囲を見回すように目を動かした。凜之助と目が合った。

「こ、ここは」

掠れた弱い声で言った。

「小石川養生所だ。その方は、命を助けられた」

「………」

男は何かを言おうとしたが、声が出なかった。なぜ自分がここにいるかは、気がついているらしい。

「四か所の骨折があるが、それはいずれ治るであろう」

凜之助は、穏やかな声にして伝えた。男は天井を向いたままで、返事をしない。

「その方の名は」

と続けた。この期に及んでは、隠し事をしても意味がない。ただそれなりの思いはあるだろうから、息を飲んで返事を待った。

「きちた」

最初は声が小さい上に掠れていたから、よく聞き取れなかった。もう一度言わせて、吉太だと分かった。

「生まれは」

「じょ、常州《じょうしゅう》」

ここで目を瞑った。体をわずかに動かして、骨折に響いたらしい。顔を顰《しか》めた。奥歯を嚙《か》みしめて、痛みをこらえていた。

「井筒屋へ押入ったことは、承知しておるな」

痛みが治まったところを見計らって問いかけた。吉太は何も言わず、わずかに頷いた。犯した罪をどう思っているかは、表情を見ただけでは分からない。

「仲間の名と、住まいを言ってもらおう」

住まいはもう引き払っているかもしれないが、捜す手立てが残っているかもしれない。身じろぎもしないで、吉太の顔を見詰めた。

吉太は目を閉じたままで、すぐには反応を示さなかった。凜之助にしてみれば、すぐにも聞き出したいところだった。

仲間を捕らえるためには、一刻でも早い動きが肝要だ。

返答を、じっと待った。けれども吉太は、目と口を閉じたままだった。話す気持ちは、ないらしい。

「仲間を庇《かば》うのか」

責める言い方になっていると、自分でも分かった。反応はない。さらに続けた。

「庇ったところで、どうにもならないぞ」

吉太は、身じろぎもしなかった。己の名と生まれ在所までは話したが、仲間については話すつもりはないらしかった。

「ではその方は、常州を出てどこへ奉公をしたのか」

これも聞きたいところだ。仲間との繋がりが現れるかもしれない。しかしこれも、反応を見せなかった。

吉太の体が、わずかに震えたのが分かった。そして顔を歪めた。凜之助にしてみれば、問い質《ただ》したいことはいくらでもある。

「内坂伝五郎は、その方らの仲間だな」

顔が明らかに強張った。目に涙が湧いて出た。さらに問いかけをしようとしたとき、榊原が声を出した。

「そこまでにしてもらおう。この者にしてみれば、充分な返答をしたはずだ。これ以上は傷に障る」

医者としての言葉だった。通常ならば、竹刀《しない》で叩いて白状をさせる。石を抱かせることもある。だが今の吉太には、それはできない。

死なれては、元も子もなかった。

問いかけをせず見詰めていると、しばらくして寝息が聞こえてきた。それで凜之助は、小石川養生所を出ることにした。立ち上がったところで、榊原が言った。

「ここまでくるのには、三雪殿の尽力は大きゅうござる」

「そうでしょうな」

「重湯を啜《すす》らせている」

「飲むのですな」

「三雪殿が勧めるとな。よくなってほしいという気持ちが、伝わるのではござらぬか」

「まことに」

吉太にだけではない。それが分かっているから、凜之助は三雪の人柄に惹《ひ》かれた。

養生所に姿がないと、物足りない気持ちになる。

凛之助は、八丁堀の屋敷に帰ってから、松之助に一日の報告をした。

「摂津屋が、どういう関わりをしているかだな」

話を聞き終えた松之助は答えた。繋がりがないとは見ていない模様だった。

「私には、関わりがないと感じますが」

「摂津屋本人も、分かっていないこともあるぞ」

「はあ」

そこまでは考えなかった。自分では気がつかないうちに、恨みを買っていることもある。

「吉太は、なかなかに強情です。しょせんは盗人仲間のはずですが」

「内坂の名を出して、涙を流したわけだな」

「はい」

「二人の間に、何かがあるのであろう」

「欲にかられた、ただの盗人仲間ではないと見るわけですね」

「違うか」

「いえ、そうかと」

「極悪な盗人でもな、弱いところはあるぞ」

そう言ってから、松之助は手を止めていた鳥籠造りを再開させた。

凜之助は夜食をとりながら、給仕をしてくれている文ゑに問いかけをした。文ゑの実家は繰綿問屋なので、何か訊けるかもしれないと思ったのである。

文ゑは今でも、実家へは折々顔出しをしている。事件の直後に、井筒屋や河内屋についで尋ねたが、名は聞いたことがあっても、商いの関わりはない店だと告げられていた。

「繰綿屋は、西国から荷が来た時や、地回り問屋へ送り出すときには、大忙しになりますよ。でもそのときには、店にはお足はありません。大きな金子が動くのは、支払いのときだけです」

「ではそのとき以外に襲っても、高額な金子は奪えませんね」

「そうなるでしょう」

「支払いの時季は、どこも同じですか」

「それは店によります」

店を襲うには、その内情を知るものが必要だという話だ。文ゑから聞けたのは、手間が省けた。

四

次の日、凜之助は町廻りの後で、再度本所界隈へ足を延ばした。両国橋《りょうごくばし》を東に渡ってゆく。両岸の土手の樹木が、紅葉をしていた。

その葉が、はらはらと落ちてくる。

橋袂の広場には、見せ物の小屋掛けや露店が並んでいる。大道芸人の口上が耳に飛び込んできた。老若の男女が姿を見せているが、いるのはそれだけではない。

凜之助は、広場にたむろしている浪人者や破落戸といった者たちに、内坂伝五郎と吉太について尋ねていった。

「どちらも聞かぬ名だな」

反応を示す浪人者はいない。破落戸では、吉太という二十二歳になる常州出の男について、名を聞いたことがあると口にした者はいた。しかしよく聞いてゆくと、上州《じょうしゅう》での無宿者で吉助《きちすけ》という者だった。歳も違った。

そもそも浪人者や破落戸といった輩は、常にこの場に集まって来るわけではなかった。八《や》つ小路《こうじ》や浅草《あさくさ》といった盛り場にも顔を出す。またいちいち、生まれ在所や素性、名を明かすわけではない。

そこで酒を飲ませる店や一膳飯屋にも顔を出して問いかけをした。地回りの子分にも声をかけた。

すると反応があった。

「井坂《いさか》だか内坂だとかいう名の元旗本が、本所亀沢町《かめざわちょう》で喧嘩をしていた破落戸《こ》を懲らしめたという話を聞きやしたが」

東両国界隈を縄張りにする地回りの子分だ。

「いつの話だ」

「ずいぶん前です。すごい腕前で、うちに来ていただこうと話しているうちに、姿を見なくなりやした」

二年半くらい前だとか。

「元旗本か」

「噂でさあ。どうせ小旗本でしょうが」

揶揄《やゆ》する言い方になった。腕利きの浪人者は、折々姿を見せる。代わりはいくらでもいるということか。

凜之助は、さらに亀沢町へ行った。内坂は、松坂町の長屋で暮らしていた。しかし亀沢町は近いから、そこで何かがあって出向くことはあっただろうと考えたのである。

何軒かある商家を、片っ端から訪ねて行くつもりだった。

「そういえば二年半くらい前に、破落戸同士が喧嘩をして、大騒ぎになったことがありましたっけ」

舂米屋《つきごめ》の主人が言った。

「町の者は、迷惑をしたであろうな」

「それはもう。店の品が台無しになります。ですが通りがかったご浪人が、間に入って治めてくださった。たった一人で、たいした腕前でした」

刀は抜かず、近くにいた振り売りの天秤棒を使って懲らしめた。

「そのときに止めに入った浪人者についてだが、何か覚えているか」

「ええ、多少は覚えています」

この町の者ではなかった。争った破落戸たちの、どちらとも関わりはなかったらしかった。そのときは隣の青物屋と小間物屋の店が台無しになった。止めに入った青物屋の爺さんが、怪我をした。

「そこで私が、通りかかったお侍様に助けてほしいとお願いをしました」

「快く引き受けたわけだな」

「そんなところです」

暴れる破落戸を二、三人痛めつけると、やり合っていた者たちは逃げていったそうな。

「浪人者は、そのとき一人だったのか」

「手を下したのは一人でしたが、お仲間がいたと思います」

そちらは見ていただけで、手を出さなかった。

「侍か」

「いえ、人足のような人が一緒だったかと」

ここははっきりしない。

そこで凜之助は、被害に遭ったという青物屋へ行った。店先にいた中年の女房に尋ねた。

「もちろん覚えていますよ。売り物の半分は、踏んづけられたりして駄目になりましたから」

女房は悔しそうな顔になって言った。

「間に入った侍について、覚えていることはないか」

「二十代半ばで、内坂さまとおっしゃいました」

「もう一人いたそうだな。町人が」

「いました。同じ町内の、裏長屋に住んでいた人です」

女房が、そこまで覚えていたのは幸いだった。

「名は分かるか」

「ええと。そうそう、市太《いちた》だか吉太だとかいったような」

「吉太ではないか」

つい、意気込んでしまった。

「そうだと思います」

店の前で、同じ長屋の女房が口を入れた。吉太も、青物を買いに来たことがあった。

これで、内坂と吉太が一緒だったことが分かった。ただ女房は、吉太がどこの裏長屋に住んでいたかまでは分からない。

凜之助は路地に入って、目についた長屋に住まう者に問いかけをした。

「えっ、二年半も前のことですか。あたしゃその頃は、ここにはいませんでしたよ」

と返されることも少なくない。長く住んでいても、長屋が違えば知るよしもない。

六軒目の長屋で、吉太を知る者がいた。初老の日雇い大工の女房だ。

「ええ、この長屋に住んでいました。漬物を分けてあげたことがあります」

ここにいたのは、半年くらいの間だそうな。

「吉太について、分かることを話してもらおう」

「何でも、どこかの奉公先をしくじったという話でした」

「武家奉公か」

内坂のことがある。

「いえ。どこかの商家だと聞きました」

場所や屋号、商いの内容も分からない。話したかもしれないが、記憶になかった。

「ここで、何をしていたのか」

「太物を背負って歩いて、切り売りをしていたと思います」

一反を買えない者に、一尺二尺と切り売りをして歩いた。大きな儲《もう》けにはならないが、日々食べるだけならば暮らしていけそうだ。

振り売りとはいっても、いろいろある。太物を売っていたとなると、それにまつわる商いに関わってきたのではないかとも考えられた。

「侍が、訪ねて来ていたというではないか」

「そういえば、来ていましたね。元はお旗本だったって、吉太さんは自慢げに言っていましたが」

「どういう間柄か」

「昔、世話になったとか何とか」

はっきりしたことは、分からない。いい加減に聞いていた。どこへ行くとも告げず、吉太は姿を消した。

凜之助は大家のもとへ行って、吉太について尋ねた。

「吉太さんのことは覚えていますよ。店賃《たなちん》はちゃんと払ってくれました」

とはいえ、元の奉公先は知らなかった。請け人がちゃんといて、店賃を滞らず払う者ならば、大家としては大歓迎だ。

「請け人は誰か」

「深川北森下町《きたもりしたちょう》の口入屋尾野屋《おのや》さんです」

早速凜之助は、尾野屋へ行った。口入屋というのは表稼業で、裏では界隈の地回りの親分といった者だった。

「そういえば、二年か三年くらい前に、吉太というやつの請け人になりましたね」

尾野屋は言った。

「親しかったのだな」

「いえ。頼まれたんですよ」

「誰にか」

「その頃、用心棒をしていただいていた、内坂様というご浪人からです」

内坂のその頃の生業《なりわい》が分かった。

「急に、いなくなったのだな」

「そうです」

どこへ行ったかは分からない。いきなり姿を見せなくなって、長屋へ様子を見に行ったら、もぬけの殻だった。吉太の長屋へも様子を見に行ったが、ここも空家になっていた。

「内坂の前のことについて、分かっていたことは」

「そういうことは、訊かないってえ、お約束でしたんでね」

尾野屋にしてみれば、素性などどうでもよかった。剣と腕っぷしが強ければそれで充分だった。

五

内坂は、過去についてはあまり語らなかったようだ。浪人の身になってしまえば、昔のことを話しても始まらない。

話したくない思い出なのだろうと察せられた。

ただ何かの折に、昔の記憶が口から出ることがないとはいえない。そこで凜之助は、尾野屋の子分に、話を聞いてみることにした。

店を出たところで、破落戸ふうが数人たむろをしていた。

「へえ。内坂様のことは、覚えていやすよ」

三十代半ばとおぼしい男は、凜之助の問いかけに応じた。

「内坂伝五郎なる浪人について、何か分かることはないか」

「そうですねえ。てめえについては、ほとんど話しやせんでしたから」

首を傾げた。

「しかし一緒にいたら、何か話したのではないか」

「そりゃあそうですが。どうでもいいような話ばかりでしたね」

それでもいいので思い出させた。しばらく困惑の表情を見せてから、男は言った。

「将軍様の顔を、近くで見たことがあるって」

「ほう」

「あっしらは、遠くからだって見たことがありやせんからねえ」

「まったくだ、あんときは魂消《たまげ》たぜ」

傍で聞いていた他の男も口にした。

ならば御目見ということになる。元は旗本で、そういう話は他でも出ていた。どうやら本当らしい。

「役目のことなど、話さなかったのか」

「そりゃあそうでしょう」

他の者にも尋ねた。

「あの旦那もあっしも、江戸で生まれたんだが、どこかっていう話になった」

「そうか。どこだと話したのか」

「あっしは深川だが、内坂様は四谷《よつや》だとか言っていたような」

「ほう。屋敷があった場所か」

「そうじゃないですかね。あっしは、お城の向こうは行ったこともねえですが」

四谷のどこかまでは言わなかったらしい。四谷といっても広いが、手掛かりにはなりそうだ。もう一人内坂を覚えている者はいたが、その者からは手掛かりになりそうなものは得られなかった。

吉太についても訊いた。

「そういえば、そういうやつを見かけたが」

おおむねその程度のことしか覚えていない。

「おれの子分だ」

と内坂は言ったらしいが、なぜそうなのかは分からない。そもそも吉太は、尾野屋へはほとんど顔を出さなかった。

ここで凜之助は、いったん町奉行所へ戻った。すると同心詰所に、忍谷がいた。

「精を出して、探索に当たっているか」

偉そうな口ぶりで、少しむっとしたが、凜之助はここまでの調べについて伝えた。

「ずいぶん、進んだではないか」

珍しくねぎらってくれた。

「内坂伝五郎を割り出せるのではないか」

「ですが四谷は、ちと広いような」

「愚かなことを言うな。頭を使え」

あっさり言われた。ねぎらわれたばかりだが、容赦がなかった。

「待っていろ」

忍谷は詰所から出て行くと、すぐに戻って来た。分厚い綴り二冊を手にしていた。

見ると旗本武鑑だった。

「六年前に出たものと、一番新しいものだ」

「なるほど、これで当たろうというわけですね」

「そういうことだ。足を使えばよいのではないぞ」

と続けられた。悔しいが、その通りだった。

早速、内坂伝五郎について当たることにした。御目見以上の旗本だと前提にした上でだ。

「まずは、屋敷が四谷にある者を当たるぞ」

「はい」

紙をめくってゆく。内坂姓はあったが、屋敷は青山だった。

「ありませんね」

一通り当たったが、四谷に屋敷を持つ内坂姓の旗本はなかった。意気込んだが、がっかりした。

「違うのでしょうか」

旗本株や御家人株を売っても、御家の名は残る。株を買った者が、その名を名乗るからだ。株を手放した者も元の名を名乗るが、もう直参ではない。当然武鑑には、新たな当主の名が記される。

「もう一度見直そう」

忍谷が言った。最初から紙をめくってゆく。

「はて、これは」

四谷伝馬町《てんまちょう》に屋敷を持つ者で、井坂伝之助《でんのすけ》という旗本がいることが分かった。家禄二百俵で、新御番衆を務めている。

「名が似ているではないか」

「まことに」

そこで最新の武鑑を検めた。すると屋敷は四谷伝馬町のままだが、当主の名が井坂清次郎《せいじろう》となっていた。新御番衆ではなく、記載はなかった。

「無役ということですね」

「これは怪しいぞ」

忍谷は目を輝かせている。

「浪人の身となって、名を井坂伝之助から内坂伝五郎に変えたのでしょうか」

「一部変えるというのは、ありそうではないか」

「そうですね」

何かしくじりをして、無役になった。借金もたまっていて、株を売らなくてはならない破目に陥った。四谷とは離れた本所で、名を変えて暮らし始めたという推量だ。

「今すぐに、四谷へ行け」

忍谷は、上役のような顔で命じた。無駄足覚悟で、凜之助は南町奉行所を出た。

六

四谷は南町奉行所からは、城を挟んだほぼ反対側になる。けれども凜之助は、遠いとは感じなかった。

早足になって、四谷伝馬町へ出た。四谷大通りのこの辺りは、甲州《こうしゅう》街道の起点となっている。界隈は宿場としての役割も果たしていた。

旅人や、継ぎ立てて荷を運ぶ人馬の姿もあった。街道の彼方に目をやると、冠雪した富士のお山が見えた。

凜之助がこのあたりに来ることは、めったにない。

通りかかった者に聞いて、井坂家に辿り着くことができた。敷地は五百坪くらいで片番所付きの長屋門だった。凜之助は道端に立って、門の周辺に目をやった。

古い建物ではあったが、修理はされている。近くにあった辻番小屋で尋ねた。

「井坂殿は、この数年で代替わりがあったのであろうか」

辻番は町の者ではないので、十手ではいうことを聞かせられない。下手に出て訊いた。

「そういうことだね。四年前に屋敷の中が、すっかり入れ替わった」

「隠居したのであろうか」

見当はつくが、あえてそういう問いかけ方にした。

「そうではない。前の主人は、二十代半ばだった。今度の主人は、二十歳といったところだ」

それまでと比べて、町人の出入りが増えたと続けた。

「出入りの商人であろうか」

「そうではないね。あれは縁者ではないかね」

商人でも分限者《ぶげんしゃ》と呼ばれる家の次三男が、株を買って直参になる。そういう話だと考えられた。

その上で、凜之助は井坂家の門を叩いた。

主人は無役だから出仕してはいない。元の井坂家のことについて尋ねたいという申し出を、受け入れてくれた。

小旗本や御家人の株を買うのは、それほど珍しい話ではない。相手は元町人だったわけだから、堅苦しい印象はなかった。

「前の井坂殿についてでござるが」

「借金が募ってのことでしょうな。こちらでその整理をいたした」

あっさりと認めた。今の主人は、芝の海産物問屋の次男坊だそうな。侍に憧れていて、商家へ婿に出る道を選ばなかったと話した。

「井坂殿は、新御番衆だったとか。お役御免となったのは、何かわけがあったのでござろうか」

新御番衆というのは、直参でも格が高い。将軍直属の武官だからだ。親衛隊といってよかった。将軍の顔は、何度も見たことだろう。

「詳しい経緯は知らないが、組頭の勘気《かんき》を被《こうむ》ったと聞く。言わなくて済むことを口にしたのではないか」

それで役から外されたらしい。五年前のことだ。今の主人が井坂家に入ったのは、四年前だとか。

「親族は、どうなされたのであろうか」

「ご妻女やお子がいたはずだが、離別して実家へ戻されたと聞く」

その家なりの、波乱があったことになる。家名は残っても、実際の一家は離散の憂き目を被った。

「そのご実家はどこで」

「存ぜぬ。こちらとは、関わりのないことでござる」

それはそうだろう。金を払って株を手に入れたならば、前の家の者に関わる謂れはない。

「前の井坂殿のことを知る御仁が、お分かりでござろうか」

歳は同じくらいだが、井坂伝之助が内坂伝五郎と重なったわけではなかった。

「一切存ぜぬが、札差《ふださし》はそのままだ。そこを当たってはどうか」

蔵前の瓦町《かわらまち》にある九十九屋《つくもや》という札差だそうな。

札差は直参の給与である禄米を代理受領し、換金する役目を果たした。さらに次年度以降の禄米を担保にして、有利で金を貸した。

凜之助は、その足で蔵前へ足を向けた。

「井坂伝之助様については、よく存じています」

九十九屋の中年の番頭はそう言った。四、五人の直参が、金を借りに来ていた。その姿を横目に見ながら、凜之助は問いかけを続ける。

「その御仁について、分かっていることを教えてもらいたい」

「そうですねえ」

番頭は、分かっていることだけだとして口を開いた。

「井坂様は父ごが亡くなって十九歳で家督を継ぎ、新御番衆として出仕しました。しかし組頭とは、気性が合わなかったようです。酷《ひど》いことをされたらしくて」

武士といっても、気性のさっぱりした者だけではない。底意地の悪い者は少なからずいる。凜之助は、不正を働いていた年番方与力《ねんばんかたよりき》に冷たく当たられたことがあった。あのときの悔しさは忘れない。

「不満が、態度に出たようです」

どうでもいいような細かなしきたりがあり、それを教えてもらうためにはいちいち頭を下げなくてはならない。教わった場合の礼の進物も、欠かせなかった。

「いろいろたいへんだったようで」

「お役御免となったわけだな」

「そのようで。井坂家には、もともと少なくない貸金がありました」

役を追われた直後の井坂は、だいぶ自棄《やけ》を起こしたらしい。

「酒に溺《おぼ》れたようで、荒《すさ》んでいたように見えました」

　貸金高も増えて、どうにもならなくなった。利息さえ満足に払えなくなったのである。

「井坂殿の、その後のことは分からぬわけだな」

「そうですが、二年半前くらい前に、顔を見たという手代がありました」

　その手代を呼んでもらった。

「お使いで出かけた折に、東両国の広場でお見掛けしました」

「間違いないか」

「身なりは御浪人といった感じでしたが、そうだと思います」

　話をしたわけではない。すれ違っただけだった。本所で用心棒をしていた内坂伝五郎ならば、東両国の広場を歩いていたとしてもおかしくはない。

「旧井坂家の内情を知る直参に、思い当たらぬか」

「それならば、塩野《しおの》様という方がいらっしゃいます」

　九十九屋へ出入りする家禄百五十俵の直参で、井坂家とは遠縁の者だそうな。凜之助は、その屋敷の場所を聞いた。

七

凛之助は蔵前から再び西へ向かった。着いたのは、小石川御簞笥町《おたんすまち》の塩野兵左衛門《へいざえもん》の屋敷だった。御徒目付《おかちめつけ》組頭を務める二十六歳で、井坂伝之助からすれば従兄になる。母が姉妹だと聞いた。

小旗本や御家人の屋敷が並んでいる。塀の向こうにある樹木も紅葉していて、風に吹かれた葉が足元に落ちた。

不在を覚悟での訪問だったが、すでに夕刻で塩野は屋敷に戻ってきていた。身分と名を名乗り、井坂伝之助について話を聞きたいと来意を伝えた。

「伝之助が、何かいたしたか」

玄関先に現れた塩野は、案じ顔で言った。

「まだ分かりませぬが、一応確かめたく」

凛之助は押込みには触れなかったが、重大な犯罪に関わっている虞《おそれ》があることは伝えた。

とはいえ井坂は直参としての身分はすでにないので、何をしていても、塩野家に累は及ばない。

「あの者は一本気でな。よきにつけ悪しきにつけ、やるとなると突き進んでしまう」

「なるほど」

「新御番衆だったときは、組頭からはことごとく難癖をつけられた。些細《ささい》なことでも先例がないとか言われてな」

「前のことは知らぬゆえ、いちいち教えを請わなくてはならぬわけですな」

「そういうことだな。注意だけならばいいが、叱責になる。その鬱屈《うっくつ》が、積もりに積もったのでござろう」

井坂には、同情的な発言をした。話の内容としては、札差で聞いたものと同じだった。

「浪人になった後のお付き合いは、いかがだったので」

「遠慮せずに来るようにと伝えたが、姿を見せたのは一度だけだった」

「その折の様子は」

「あやつは妻女とは離別し、可愛がっていた子どもとも縁のない者となった。荒んだ気がしたが」

「すべてを失ったと思ったのでしょうね」

「さよう。拙者はあやつが、組頭を襲うのではないかと考えた」

よほど恨んでいた様子だ。

「すべてのもとは、組頭の理不尽というわけですね。もう失うものは何もない。やろうと思えばできたはずですが」

剣の腕も、なかなかのものだった。商家への押込みもしてのけた。

「いかにも、しかし襲うことはなかった」

「気持ちを治めたわけですかな」

「いや、そうではない」

「では、何があったのでしょうか」

「組頭は流行病《はやりやまい》を患って、あっけなく亡くなってしまった」

「怒りの持って行き場が、なくなったわけですな」

「初めて来たときには、金に困っていた。そこで些少だが与えた」

困ったら顔を見せろと告げたが、以後は来なかった。遠慮をしたのだろうと言い足した。

「その後で、噂を聞いた」

「本所で用心棒をしているという話ですな」

「場所は分からぬが、そういう話だ」

存じ寄りの誰かが、顔を見たそうな。東両国の広場でだ。

「落ちるところまで、落ちたということであろう」

塩野はため息を吐《つ》いた。

「内坂伝五郎なる御仁を、御存知でござろうか」

「さあ、存ぜぬが」

話を聞く限り、井坂は盗賊内坂伝五郎には繋がらない。

「では吉太と申す、小者は御存知なかろうか」

「何者でござろう」

「子分だと話したそうな」

「はて」

塩野は首を傾げた。

「奉公先は明らかではないが、商家の手代だったと聞きますが」

「なるほど。そういえば昔、名を聞いたような」

しかしすぐに首を振った。

「商家の手代に、縁はないぞ」

そう告げられると、受け入れるしかなかった。それで引き上げようとしたが、木戸門のところで、落ち葉を掃いている下男がいた。歳は主人よりも二つ三つ下というところだった。

ついでなので訊いてみた。

「井坂家を存じておるな」

「はい。残念なことになりました」

事情を知っている。渡り者ではなさそうだった。そこでさらに問いかけてみた。塩野は、名を聞いたことがあるような気がすると言っていた。

「井坂家の関わりに、吉太という者がいなかったであろうか」

「その名が、どうしましたんで」

「井坂伝之助との関わりを知りたい」

「井坂家譜代の中間《ちゆうげん》の家の子で、そういう名の子どもがいました。十歳か十一歳のときに、商家へ奉公に出ました」

「まことか」

「はい。旦那様のお供で井坂家へ行って、吉太とは相撲を取りました」

歳の近かった二人の若殿も交じって、四人で遊んだ。

「そうか」

武者震いが出た。吉太と井坂伝之助が繋がった。これならば辻褄《つじつま》が合う。内坂伝五郎は、世を忍ぶ仮の名だったたと受け取った。

そこで凜之助は塩野に頼んで、下男を小石川養生所まで同道し、吉太の面通しができるように頼んだ。

「かまわぬ。よく見てまいれ」

塩野は言った。

二人で、養生所の病間へ入った。吉太は眠っていた。

「もう十年以上になりますがね、面影は頭の中にあります。間違いありません」

下男は言った。

第三章　昔の思い女《おもびと》

一

凜之助が下男に面通しをさせていた間、三雪も部屋にいた。吉太は今日も、目を覚ましたと伝えられた。これまでよりも、目を覚ましている間が長くなったそうな。

その折に、三雪は匙《さじ》で三分粥《さんぶがゆ》を食べさせたと伝えられた。

「何か、話しましたか」

「いえ。何も」

そこで下男を去らせてから、凜之助は問いかけをしようと考えた。これで一気に、盗賊たちに迫れる。

井坂と吉太の姿が明らかになって、あと二人だ。吉太を起こそうとして、三雪に止められた。

「目を覚ますようになったとはいえ、まだ回復にはほど遠いところです。無理はなりませぬ」

「そうだな」

慌てるな、と言われた気がした。

早く賊に迫りたい。そういう気持ちが強かった。ただやつらは、次の犯行を企てているかもしれないとも考える。ならばそれに備えたい。隠れ家に踏み込んで、一網打尽にしてしまいたい。

とはいえ今は、目を覚ますのを待つしかなかった。三雪には、ここまでの探索の結果を話した。

「吉太は武家の生まれで、商家へ奉公に出たわけですね」

「中間の次男坊では、それしか生きる道はなかったのであろうな」

御目見とはいえ、その頃から井坂家の内証は苦しかったと窺《うかが》える。

「盗人になるまでには、どのような暮らしがあったのでしょうか」

三雪も、町奉行所の同心の家に生まれた。食べるに困ったことはないにしても、贅《ぜい》沢《たく》はできなかっただろう。

吉太はなかなか目を覚まさない。苛立《いらだ》つ気持ちを抑えながら待った。すっかり暗くなったところで、目を覚ました。三雪から無理強いはするなと釘《くぎ》を刺された上で、凜之助は問いかけをした。

凜之助が枕元にいても、驚いた様子はなかった。枕元の反対側に三雪がいて、その顔を見て微かに安堵《あんど》する気配がうかがえた。

「その方の素性が分かったぞ」

凜之助は前回に続いて、穏やかな口調で告げた。吉太が表情を硬くしたのが分かった。同時に、顔を顰めた。体に力が入って、痛みを感じたのかもしれない。肋骨《ろっこつ》も骨折している。

「旗本井坂家の中間のもとに生まれ、商家へ奉公に出た。二年半前に、店にいられずに出された。そこで井坂を頼ったのであろう」

深川一色町の結城屋を襲ったときは、侍一人の三人だった。芝浜松町の河内屋押込み以降、吉太は仲間に加わったと見ている。

吉太は肯定も否定もしなかった。

「内坂伝五郎は、実は井坂伝之助であった。その方はそれを知っていて、忠義を尽くしたわけだな」

「……」

「十歳ほどまでしか井坂家にはいなかったのにだ」

これは不思議に思っていたことである。思い出として残ることがあっても、それまでのことだ。

「何があったか、申してみよ」

吉太は身じろぎをした。何か話そうとしたが、声にはならない。凜之助はそのまま、返答を待った。

しばらく口をもぞもぞさせて、ようやく声になった。

「わ、私は、伝之助様に、た、助けられやした」

「同じ屋敷で育ったわけだからな」

「それだけじゃあ、ありません」

「何があったのだ」

「お屋敷の中で、あ、遊んでいたっけ。あの頃は、庭に池があった。お城のお堀で、蛙《かえる》の卵を取ろうとしていたんだ。屋敷の池には、いなかったからだ」

「二人だけでか」

「そ、そうだ。ところが若様が、お堀に落ちちまった」

「慌てたであろう」

「そりゃあもう。あっしには、助けることができねえ。近くにいた人に頼んで、掬《すく》い上げてもらったが、足の骨を折る大けがをしていた」

屋敷にしたら、大事件だ。武家にとって跡取りは、御家存亡の鍵になる。

「おとうは、おれに死ねと言った。そのときには、仕方がねえと思ったけどよ」

「……」

「そのままでは、おれだけでなく、おとうやおかあ、家の者皆が、お屋敷を出されるところだった」

「まあ、そうなるであろうな」

「でも、伝之助様が庇ってくれた。池に落ちたのは、自分が悪かったからだって」

それで一家は、救われた。吉太だけが、商家に奉公させられるということで収まりがついた。

「伝之助様は、奉公した私のところへ、訪ねて来てくれた」

「弟のようだな」

「そうかもしれねえ」

伝之助を庇った理由が分かった。

「そこでだが、その方はどこへ奉公をしたのか」

ここは押さえておかなくてはならない。しかしここで、吉太は口を閉じた。弱い咳《せき》をして、顔を歪めた。言いたくないらしい。

「言わぬでは済まぬぞ」

凜之助は迫った。大番屋でならば、鞭《むち》打つだけでなく、石を抱かせたかもしれない。

吉太の息遣いが、荒くなった。顰めた表情が戻らない。

「ここまでにしていただきましょう」

三雪が言った。凜之助にしてみたら、仲間の名も喋らせたいところだった。逃げ去った二人の男については、何も分かっていなかった。

井坂はどこにいるのか、吉太は知っているだろうが喋らないだろう。この日はこれで、三雪と引き上げることにした。

「吉太は、旧主を慕っています。死罪になっても、話さないかもしれません」

「井坂については、そうかもしれぬ」

三雪の言葉に答えた。

「信じられる人が、他にいなかったのかもしれません」

凜之助にはよく分からない。実の親や両親よりも、近い存在だったということか。

朋と文ゑは反りが合わないが、凜之助はどちらも信じることができた。

二

凜之助は、八丁堀の屋敷へ帰った。いつものように燭台を手に迎えに出て来たのは文ゑだった。

「おや」

何かを言うわけではなかったが、いつもと様子が違った。文ゑの表情を見れば、あらかたその折の気持ちが窺えた。凜之助にとっては、かけがえのない存在だ。

腹を立てていながら、それを抑えている顔である。昨日は繰綿問屋の話を聞いたが、もうそのことは頭にない様子だった。

わずかの間考えるふうを見せてから、口を開いた。

「そなたにふさわしい嫁ごは、お麓さんしかいませんよ」

とだけ言った。それから凜之助は、朋の部屋へ挨拶に行った。朋もごくわずか、表情が硬かった。凜之助には怖い印象だ。

「何かあったので」

と言いかけようとして、口を閉じた。藪《やぶ》を突いて蛇を出してはならない。

「三雪どのは、よき娘ごです。探そうとも、そうはいませぬぞ」

と告げた。

「はあ」

朋や文ゑの胸の内では、話が進んでいる様子だった。凜之助には不快な話ではないが、決めるのは難しい。まともに考えると、気持ちが重くなる。どちらかの顔を思い浮かべると、必ずもう一方の顔が脳裏に浮かんでくる。

朋の部屋を出たときにはほっとした。

それから松之助の部屋へ行った。松之助の鳥籠造りは、わずかずつ進んでいる。急がずに念入りにやるから。頑丈で美しい。意匠も凝っていた。

凜之助は、まず吉太と井坂伝之助の関わりについて、分かったことを伝えた。

「奉公先を言えぬということは、それを話すと、やつらの正体に近付くからだ」

「そのように考えます」

「井坂は井筒屋では、吉太を置いて逃げたのだがな」

「それでもということでございましょう」

救いたくても、救えない状況だったとも考えられる。

「実の父親からは死ねと言われたところを、守られたわけだ」

「父には、失望があったのでしょうか」

「さあ。父親はそう言わねば済まぬ、流れだったのかもしれぬ」

武家の奉公人としては、主君がまず第一だ。

「明日にも、改めて不明の仲間二人について、糺《ただ》したいと存じます」

「それでよかろう」

話させないわけにはいかない。ここで松之助は話題を変えた。

「今日の稽古が終わった後で、諍《いさか》いがあった」

声を落としていた。明らかな困惑顔だ。松之助がそういう表情をするのは珍しい。

朋と文ゑの諍いだと、すぐに分かった。

二人の反りは合わないが、ぶつかることは極めて少ない。よほどのときだけだ。日頃はどちらも、上手に躱している。どうやらそのよほどのことが、あったらしかった。

とはいっても、暴れるわけではない。

「父上はその場に」

「来いと言われた」

「さようで。私の嫁取りのことでございますね」

「そうだ。どちらも引かなかった」

文ゑは、おおむね朋に逆らわない。とはいえ言いたいことがあれば、相手が姑でもはっきり口にする。

凜之助は、松之助に同情した。片一方の肩を持つことはできない。持てば後が面倒だ。またどちらがいいと、松之助としては判断ができなかったのかもしれなかった。

「どちらも、よき娘ごだ」

それは凜之助も感じていることである。

「では、どうすれば」

「しばらくは、このままそっとしておくしかあるまい」

逃げることになるが、他に手立てはなかった。

その翌日、三雪はいつものように小石川養生所へ手伝いに行った。初めは養生所同心の父の手伝いのつもりだったが、少しずつ気持ちが変わった。

病を抱えた者が、次々に現れる。高額な治療代や薬代を出せない者たちだ。貧しくても、それだけに親兄弟や子どもの命は何にも代えられない。その思いが、伝わってきた。

けれども養生所は、いつも手が足らなかった。公儀から下される金子では、充分に看護のための人を雇えない。いつの間にか、三雪の手伝いは、欠かせないものになった。

患者から頼られることには、喜びがあった。

快癒して養生所を出てゆく者の後ろ姿を目にすると、ここへ来ていてよかったと思う。もちろん甲斐なくこの世を去る者もいたが、手を尽くすことができれば、成仏を願う気持ちになれた。

養生所での一日は、吉太の世話だけで終わるわけではない。家には帰せない患者が何人もいる。ただ吉太のことは気になった。

「自分を見捨てて逃げた旧主を、重病の中で守ろうとしている」

その胸の内は、しかとは分からない。ただ他の仲間二人については、同じような思いを抱いているとは感じない。

そこについては、いつかは話すのではないかと見ていた。

凛之助が案ずるように、次の押込みがある前に、捕らえたいと考える。ただ己の使命は、吉太を快癒させることだと考えた。

桶《おけ》に湯を汲んで、手拭《てぬぐ》いをひたしていた。体を拭《ふ》いてやろうと思ったのである。腫れがいく分引いてきた。骨折はどうにもならないが、体はきれいにしてやりたかった。

もちろんそれは、他の患者にもした。

勝手にやるわけにはいかないので、榊原の許しを得た。

「かたじけない」

と告げられた。吉太は眠っている。掻巻《かいまき》を剝ぐと、汗のにおいがした。湯に浸した手拭いを絞って、体を拭いてゆく。

「ああ」

吉太は途中で目を覚ました。

「起こしてしまいましたね」

申しわけない気持ちで、手を離した。

「か、体を、拭いてくれて、いたんですね」

「ええ。汗をかいていました」

「そんなこと、し、しなくていいのに」

「どうしてですか」

せっかくしてあげているのに、という気持ちがあった。

「だ、だってよ。おれなんかには、もったいねえ」

耳にして、気持ちが和らいだのが分かった。

「どうして、そんなことを言うの」

「おれは治っても、どうせ獄門だから」

少し間を置いてから、掠れた声で返した。この人は己を、価値のない者としてしかとらえていないと思った。

「私は目の前の怪我人を、治したいだけ」

そして止めていた手を動かした。吉太は黙って、されるままになっていた。上半身を起こして、背中も拭いた。

「終わりましたよ」

痛みのないように注意しながら体を元の形に寝かせて、搔巻をかけてやった。

「寒かったでしょ」

もう立冬は過ぎている。

「そんなことはねえ。手拭いが、温かかった」

「ならばよかった」

「おれはこんなことを、人からしてもらったのは初めてだ」

吉太は、目を閉じたまま口にした。もそもそとした言い方だった。

三雪は使った桶と手拭いを手にして、病間から外へ出た。吉太のためにしたことは、体を清めただけではなかったと分かった。

三

朝、朝比奈家は静かだった。いつもならば、文ゑは女中の妙《たえ》と話をしながら、何か話して笑っている。朋は庭を掃く下男の作造《さくぞう》と、話をしていた。

今日はそれがない。作造が使う箒《ほうき》の音だけが聞こえてきた。

不気味な気配で、思わず凜之助も足音を立てないように気を遣った。とはいえ何事もないままに、朋と松之助に出かける挨拶を済ませることができた。

そして文ゑに送られて、凜之助は玄関の式台に立った。

「案ずることはありません」

文ゑにそう告げられて、かえって気になった。

頭を下げて屋敷を出た。考えると気が重い。三雪とお麓の顔が浮かぶ。それを振り払うように、足早に歩いた。

町廻りをしてから、凜之助は小石川へ向かった。養生所では、まず榊原と話をした。

「順調な回復でござる」

と告げられて、吉太の枕元に座った。反対側には、三雪が腰を下ろしている。朝の文ゑの言葉を思い出した。

頭を振って、吉太の顔を見詰めた。

「昨夜は、よく眠れたか」

凛之助は、そこから問いかけを始めた。

「まあ」

「そうか。ならば問い質しを始めるぞ」

吉太を罪人として扱っている。とはいえ、責め立てるつもりはなかった。体はまだ、そこまでいっていない。

「井坂伝之助が、元は新御番衆であったのは分かっている。しかし今は、旗本株を売って浪人となった。こちらは、そこまで分かって話をしているのだぞ」

昨日は、ここまで話せなかった。吉太はちらと目を向け、それから天井を見上げた。

凛之助は、問いかけを続ける。

「押入ったのは四人であった。その方と井坂、それに後二人だ。その二人の名を述べよ」

「その方と井坂は、深い縁があったのは分かった。しかしな、押入った他の二人の名を告げることは、恩義に反することにはなるまい」

二人にも恩義があるとするならば、問いかけ方が変わる。しかし今の凜之助の言葉に、吉太は反応したように感じた。体を動かした。

「庄左《しようざ》と竹造《たけぞう》だ」

答えるのに、やや間が空いた。心に葛藤《かつとう》があったのかもしれない。口にした後で、息を弾ませた。額に汗が浮いた。

「よし。よく話した。二人は、元商人だな」

「そうです」

「では、深川一色町の結城屋を襲ったのは、その方を除く三人だな」

「へえ」

「頭《かしら》は、誰か。井坂か」

「ち、違う。指図をしたのは、庄左だった」

強く首を振った。

「その方を仲間に誘ったのは、井坂だな」

「…………」

「そうだ。おれは、食えなかったから」

「隠れ家は、どこだ」

「深川猿江村《さるえむら》の、百姓家の離れを借りていた」

井筒屋を襲う夜まではそこにいた。その後のことは分からない。もう戻るつもりはなかったと告げた。

「庄左らは、その方を襲うと思うか」

「いや、伝之助様が抑えてくださっている」

「それは分からぬぞ」

凜之助が返すと、吉太は口を閉じた。息遣いが荒い。三雪が、目を向けていた。

「ここまでにしてほしい」

目がそう告げていた。

養生所の玄関先まで、三雪が送ってくれた。

「もう一、二日したら、もっと尋ねることができるようになると思います」

「そうなってほしいが」

一日でも早く当たりたい気持ちは変わらないから、もどかしさがあった。忍谷なら石を抱かせろと言うかもしれないが、今の吉太にそれをしたら、気絶をして話を聞くどころではなくなるだろう。

今回の問いかけで新たに分かったのは、庄左と竹造という名だった。

「これでどうするか」

凜之助は呟いた。

「まずは、襲われた店を当たってみるしかないでしょう」

三雪が言った。それが、まずすべきことだった。

凜之助は、日本橋堀江町の繰綿問屋井筒屋へ行った。すでに商いを始めていた。

「これは朝比奈様」

帳場にいた茂太郎が、上がり框《かまち》まで出てきた。押込みをした者たちへの探索が、どこまで進んでいるのか気になっている様子だった。

「襲った四人が何者か、洗っているところだ」

「浮かんでくるのでしょうか」

「そのために、分かっていることには答えてもらおう」

井筒屋では、番頭の梅造が金策のために店を出ていた。奪われた金額は大きい。補うための金子を拵えなくてはならない。

若旦那茂太郎と亡くなった茂三郎の女房が、凜之助の相手をした。

「竹造と庄左、それに吉太という名に覚えがないか」

前に五年前までの奉公人について尋ねたが、そのときはこの三人の名は出ていなかった。三人の名がなぜ挙がったかは、まだ伝えない。

「私には、すべて覚えのない名で」

茂太郎は、首を横に振った。十九歳の茂太郎ならば十四歳以下となる。

「庄左と吉太は知らないが、竹造という手代はいたような」

女房はそう言った。

「ああ、そういえば」

茂太郎も思い出したらしかった。奉公人だったのならば、若旦那として関わっただろう。

「いたのだな、その男」

凜之助の腹の奥が、一気に熱くなった。

「詳しい経緯は覚えていませんがね、確か七年くらい前に不祥事があって辞めさせました」

女房が、指を折って年を数えてからそう告げた。

「襲ってきた四人の中に、竹造がいたのでしょうか」

茂太郎は顔色を変えた。

「考えられるな。奉公人ならば、店の内情は分かっているであろう」

文ゑから聞いた、繰綿問屋の金子の様子が頭に浮かんでいる。

「店を辞めさせたのは、あの者に落ち度があったからだと聞いています。逆恨みでございましょう」

怒りの声だ。女房も頷いた。

「店の中の様子は、七年前と変わっているか」

「いえ、建て替えなどはしていません」

ならば建物の間取りについては熟知していただろう。金がいつ入るかなど、その流れについても分かっていたはずだ。押入るにあたっては、竹造が手引きをしたのは間違いないと踏んだ。

ただ竹造なる人物の詳細については、梅造に聞かなくては分からない。夕刻までには戻るだろうというので、出直すことにした。

四

そこで凜之助は、芝浜松町へ足を向けた。芝口橋を南に渡って、東海道となる幅広の道を進んで行く。右手彼方《かなた》に増上寺《ぞうじょうじ》の杜《もり》が見えてきて、それが近づいてきた。

ここの杜も、すっかり紅葉に彩られている。

浜松町は増上寺大門《だいもん》の東側に一丁目があって、南側の金杉川までに四丁目があった。

河内屋も間口が六間ある、界隈では老舗の部類に入る店舗だった。

半年前の四月に、四人組に押込まれて三百八十両を奪われた店だが、商いが陰っているようには見えない。それなりに人の出入りもあって、店や前の通りの掃除は行き届いていた。

小僧が、打ち水をしていた。

凜之助は少しばかり店の様子を眺めてから、河内屋の敷居を跨いだ。

店には主人の又右衛門がいて、話を聞くことができた。

「大きな被害を被ったが、商いはだいぶ元に戻ってきたのではないか」

「いやいや、これからでございます」

又右衛門は首を横に振った。

前にも話を聞いたが、襲った者の名について、そのときはまだ誰も上がっていなかった。

凜之助は、賊となった四人すべての名を挙げた。

「覚えのある者が、いるであろう」

「ああ」

聞いた又右衛門は、声を上げた。

「吉太は、うちの手代でございました」

「そうか」

やはり繋がりがあった。心の臓が、どくんと波を打った。二年半前の結城屋も含めて、襲われた三軒は繰綿で繋がった。

「吉太のやつが、手引きをしたのでございますね」

怒りの声になっていた。

「そう考えるべきであろう。吉太は、旗本の井坂家から奉公に来たわけだな」

一つずつ確認をしてゆく。

「さようでございます。うちは、井坂様のお屋敷の御用を受けていました」

小僧が一人増えるについては、何の支障もなかった。使えなければ、辞めさせればいい。代わりはいくらでもいた。

「働きぶりは」

「まずまずかと。吉太は十九の歳に手代になりました」

まじめに命じられたことに励んでいれば、十八から二十歳くらいまでの間に手代になるそうな。それまでは、読み書き算盤を習う。下働きする中で、商う品についてや売買の仕組みについて学ぶ。手代になって初めて、実際の商いに関わる。

「暇を出したのは、二年半前です」

「何かしたのか」

「あの者は、かっとなることがありました」

年上の手代とやり合って殴られた。相手は二歳上の助次《すけじ》という者だった。何度もやられて、辛抱が切れた。庭に落ちていた石で殴りつけ、大怪我をさせてしまったのだとか。

石の角で打ち付けた傷は、顔に消えない痣《あざ》を残した。

「なぜそういうことになったのか」

「もともと反りが合わなかったようでございます」

「悶着があったのか」

「無茶なことを、度々されたと吉太は話していました」

「恨みが重なっていたということか」

「そのようで」

「店ではそれまで、対処をしてやらなかったのか」

「小僧のやり取りに、いちいちかまってはいられません。二人で折り合いをつけるべきでございましょう」

「手代同士の喧嘩で、店を辞めさせたのか」

「歳上の手代は、顔に消えない怪我をしました。あれでは店に出せません。仕入れ先廻りもできないでしょう」

「手を出すに至ったのは、助次に非がありそうだが」

二歳年上ならば、体も大きかったはずだ。

「怪我をさせたのは、吉太でございます」

又右衛門は、きっぱりと言った。

「二人を辞めさせたわけか」

「さようで。町奉行所へは出しませんでした。私どもの温情でございます。吉太には、その恩義が伝わらなかったようでございます」

残念だという顔をした。大怪我をした助次が、今どこで何をしているかは分からない。

「店を出れば、その者の暮らしでございます」

関わりはないという話だ。

「早く捕らえてくださいませ。少しでも金子が戻れば、助かります」

「そのつもりだ。しかしな、手代同士の悶着に早くから対処をしてやっていたら、二人は辞めずに済んだかもしれぬ。さすれば押込まれて、三百八十両を奪われずに済んだのではないか」

凜之助が告げると、又右衛門は嫌な顔をした。

その後で、凜之助は店の手代にも問いかけをした。

「ええ。何が気に入らなかったんだか分かりませんが、助次さんはずいぶん酷いことをしていました。歳下の私らには、止めることなどできませんでした」

見てみぬふりをするしかなかったという話だ。へたな口出しをすれば、次は自分がやられるかもしれない。

「主人や番頭に話さなかったのか」

「思い余った吉太は、番頭さんに話したのですが、それがどうも」

困惑顔になった。

「どうなったのか」

「番頭さんは、助次さんと吉太を呼びました」

小僧の訴えが事実かどうか、吉太がいる前で助次に質したのである。

「助次さんは、そのようなことはないと言いました」

「それで」

「話は終わりました」

そのやり取りを、傍で聞いていたという。

「吉太の言い分は聞かなかったのか」

「はい。その後で、吉太は助次さんから殴られました。顔ではありません。跡が残りますから」

腹と太腿《ふともも》と脹脛《ふくらはぎ》を蹴られた。真っ赤に腫れ上がったそうな。その番頭は、四月の押込みの折に殺された。吉太が手を下したのかどうかは分からない。

それから凜之助は、深川一色町の結城屋へ向かった。主人の錦右衛門に会って、四人の名を伝えた。

庄左を知っているのではないかと予想したが、期待が外れた。

「どれも、聞かぬ名でございます」

辞めた奉公人にもいない。首を捻って、考えた上での返答だった。庄左に繋がるかと思ったが、それはなかった。

「ならばなぜ、押込み先に結城屋を選んだのか」

そこに得心がいかなかった。見えない何かがあるのかとも考えるが、そこには辿り着かない。

凜之助は深川まで来たついでに、四人が井筒屋へ押入るまでいたという猿江村の百姓家の離れまで行った。

「侍一人を含む四人が暮らしていた百姓家の離れを知らぬか」

「それならば、あれですね」

村の者に尋ねて、二人目の農婦が指差しをした。早速、教えられた離れ家へ行った。

十畳間に、土間の台所と雪隠《せっちん》があるだけの建物だった。

離れ家に、人の気配はなかった。その母屋に隠居ふうの爺さんがいたので、話を聞いた。

「二月《ふたつき》前に、庄左という人が来た」

歳は三十代半ばで、目つきは鋭かったが、腰は低くて物言いは丁寧だったと続けた。
二、三か月、建物を使わせてほしいと頼んできたのである。月五百文はこのあたりの相場以上だったので、喜んで貸した。

「最後に顔を見たのはいつか」

「ええと。ああ、あれは満月の日だった」

井筒屋を襲った日だ。爺さんは、庄左が何をしたかまったく知らない。

「ここでは何をして過ごしていたのか」

「四人とも、それぞれだったですね。出て行く日もあったし、離れにずっといる日もあった」

一人か二人は、朝帰りする日もあったと付け足した。

「それは、庄左か」

「いいえ。名は知りませんが、二十代後半くらいの人でした」

歳からすると、竹造らしい。前に稼いだ金がある。遊ぶのには困らなかっただろう。

「どこで遊んでいたのか」

「さあ。でも庄左さんに、また回向院前かとか言われていました」

回向院の門前には、女郎屋の並ぶ一画がある。見世の屋号は分からない。次の押込む目当てを探っていたにしても、それだけではなかったようだ。

近隣の者を怖がらせたり、乱暴を働いたりすることはなかった。

五

それから凜之助は、大川を西へ渡った。もう一人、話を聞いておかなくてはならない。京橋金六町の摂津屋へも足を運んだ。

主人の庄左衛門からも、改めて話を聞く。

庄左衛門は、客対応をしていた。店の隅で、終わるのを待った。

いかにも誠実そうな、穏やかな対応ぶりだ。とはいっても、言いなりになっているわけではない。落ち着いていて、信頼できる商人に見える。

終わったところで向かい合い、四人の名について問いかけた。

「はて、聞いたこともない名でございますが」

庄左衛門は、そう返してきた。

「結城屋を初めとする三軒を、襲ったかもしれない者の名だ。しっかり考えろ」

何年も前にまでわたって振り返らせた。しかし覚えがないと繰り返した。

「うちも、襲われるのでしょうか」

怯えた様子を見せた。前にも、不安な様子を窺わせた。庄左衛門は、そのことが気になるらしかった。

「襲われるようなわけが、あるのか」

「とんでもない」

激しく首を横に振った。

「ならば、案ずることはなかろう」

凜之助の言葉に、庄左衛門は頷いた。とはいえ、納得しているわけではなさそうだった。逆らわないというだけだ。

「思い当たることがあるならば、些細なことでも申すがよい。後で後悔せぬためにな」

脅すようなことを口にしたが、何もないと答えた。それで摂津屋を出た。

そろそろ夕暮れ近くになっている。

凜之助は、井筒屋へ足を向けた。金策に出ていた番頭梅造が帰ってくる頃かと思われた。

井筒屋の敷居を跨ぐと、梅造が待っていた。

「竹造は、うちの店にいました」

顔を見ると早々に、告げてよこした。名を聞いて、仰天したと付け足した。

「やはりそうか」

この押込みは、繰綿で繋がっていると確信した。

「七年前に、この店を出しました」

前に聞いたときは名も挙がっていなかったし、五年前までと区切って訊いていた。手代だったが、店の金子に手を出したので、暇を出したのだとか。

「いくつのときだ」

「二十一歳のときで、手代になって二年目でした」

はっきりと答えた。

「どのような者だったのか」

「機転の利く、なかなか商才のある者でしたから、先を楽しみにしていました」

「がっかりしたわけだな」

「はい。店の金に手を出しては、置いておけません」

「いくらだったのか」

「銀五匁《もんめ》でございました」

「それだけでか。再起の機会を与えなかったのか」

驚いた。ほんの出来心といった印象の額だ。一両の、およそ十二分の一である。十一歳のときに房州《ぼうしゅう》から出てきて、小僧奉公を始めた。以来十年の奉公が、それで無駄になったことになる。

「銀五匁でも金子は金子だと、旦那さんはおっしゃいました」

竹造は、何度も額を床に擦《こす》りつけて、置いてくれと頼んだという。しかし主人は、受け入れなかった。

「その方は、止めなかったのか」

「考え直すように申しましたが、一度なした者は、必ず二度三度となすとおっしゃいました」

なるほど、その主人も殺されている。

「その五匁銀だが、何に使ったのか」

「あの者には、好いた娘がありました」

これは後で知ったことだとか。

「簪でも、買ってやろうとしたのか」

「櫛だそうです」

手代になれば、給金を貰える。貯めていたが、櫛の代には銀四匁が足りなかった。

それなりの櫛だったらしい。

「次の給金が出たら、戻すつもりだったそうです」

「娘とは、所帯でも持とうとしていたのか」

「そうかもしれません」

おふくという名で、町の湯屋で働く娘だったとか。

「辞めさせられて、娘との仲は壊れたわけだな」

「まあ、そうでしょう。金子の不始末で店を出された者を追う娘など、いないでしょうから」

「しかし娘のための櫛を、買うためになしたことだぞ」

「そのあたりは、娘の気持ち次第でございましょう」

梅造は、その娘には関心がないらしかった。その後のことは分からない。竹造の外見について訊いた。

まだ房州出の二十八歳ということしか分からない。

「背丈は、旦那よりもやや低い感じだったと思います。そうそう、鼻の左端に黒子《ほくろ》がありました」

捜す手掛かりの一つにはなりそうだった。

凛之助は、その湯屋へ行った。湯屋の者に訊くと、おふくは五年前に三つ先の町の荒物屋に嫁いだと知らされた。

その荒物屋へ行った。間口二間半（約四・五メートル）の店で、箒や塵取《ちりと》り、笊《ざる》やお櫃《ひつ》など台所で使われる品が売られていた。

店の奥を覗くと、三歳くらいの幼子を背負った女が、商いの品にはたきをかけていた。顔に、多少の所帯疲れが出ている。もう若くはなかった。

「その方が、おふくか」

「そうですが」

「竹造を、覚えているか」

「えっ」

いきなり何を言い出すのか、という顔をした。そして少しして、頷いた。

「井筒屋さんにいた人ですね」

思い出したらしかった。

「その者と、会うことはないか」

ここから行方が分かれば、儲けものだ。

「あるわけないですよ。その人は、お店の金子に手を出して、暇を出されたんですから」

「しかしその金子は、その方に櫛を買ってやるつもりだったと聞くが」

「知りませんよ。頼んだわけじゃありませんから。あの人が、勝手に買おうとしたんです」

ばかばかしいと、鼻で笑った。二人で町を歩いて、小間物屋で櫛を見た。欲しいと口にはしたが、買ってくれとは頼まなかった。

「二人で歩いたのであろう」

「それはあの人が、何度も誘ったから。しかたがなく」

「では、それきり会っていないのだな」

「もちろんですよ」

迷惑だ、という顔をした。しかし思い出したように口にした。

「暇を出されたって聞いた次の日だったたか、あの人、あたしを訪ねてきたんです。びっくりしました」

「何を言いに来たのか」

「さあ、分かりませんけど。あたしは怖くなって、湯屋の中に逃げ込みました。盗みをした人ですからね」

「それで」

「追いかけて来るかと思ったんですが、それはありませんでした」

「何か告げたかったのであろうが、聞かなかったわけだな」

「店を辞めさせられた人の話なんて、聞きたくもなかったですから」

湯屋の者が、しばらくして外を見たときには姿はなかったとか。ともあれこれで、賊の三人までの素性が分かった。

六

町は夕闇に覆われて、仕事帰りの職人ふうや行商の男が河岸の道を歩いている。凛之助は、回向院門前へ行こうと考えていた。

三十間堀《さんじっけんぼり》の河岸道を八丁堀方向へ向かっている。堀では、荷を運び終えた空船が通り過ぎて行った。

「朝比奈の旦那」

歩いていると、声をかけられた。二十歳をやや過ぎた商家の若旦那といった身なりの男だった。精悍《せいかん》な眼差しをしている。

一瞬誰かと迷ったが、深川今川町の質屋岩永屋の跡取りの惣吉だった。井坂伝之助が井筒屋で奪った鼠と俵の根付の行方を探るにあたって力を貸してもらった。橋渡しをしてくれたのは、お麓だった。

あれがあったから、探索はここまで進んだ。

「その節は、世話になった」

「いえいえ、お役に立てたのならば幸いでございます」

深川の店に戻るというので、並んで歩いた。

「お調べは、進んでいますので」

「まああだな」

具体的な屋号や名は出さないが、それなりに進んでいる旨を伝えた。その関わりで、回向院門前の女郎屋街へ向かっていることも伝えた。

「さようですか。賊の一人が、出入りをしているかもしれないわけですね」

「うむ。回向院の門前のその場所を、その方は知っているか」

凛之助は、その界隈へ行くのは初めてだ。訊ける話があれば、耳に入れておきたかった。

「あいすみません。私は、そういうところは不調法でして」

惣吉は、苦笑いをした。新大橋《しんおおはし》を東へ渡ってゆく。

「回向院門前の女郎屋街については、話には聞きます。私の知り合いにも、出入りをしている者はありますので」

役に立とうとしているらしかった。

「どういうところか」

「吉原《よしわら》ほどの格ではありませんが、それなりの見世が揃っていると聞きます」

「ほう」

「ぴんからきりまであるのでしょうが、値の張る大見世は、吉原の中見世ではかなわないとか」

「出入りの賊の一味は、金を持っているはずだから、そういうところで遊べるわけだな」

「そうかもしれません」

新大橋を渡ったところで、惣吉とは別れた。

「お役に立てることがあれば、いつでもどうぞ」

と言い残した。

凛之助は回向院方面に向かう。人の集まる寺社の周辺には、女郎屋街ができやすかった。

回向院は、明暦《めいれき》の大火《たいか》によって亡くなった多数の無縁仏を埋葬し、水子供養がおこなわれた。境内では相撲の興行などもあり、多数の老若が参拝に現れて門前はいつも人で溢れた。露店も並んでいる。

門前にいた遊び人ふうに、女郎屋街がある場所を尋ねた。行ってみると、すでに商いを始めていて、出入り口には色暖簾が掛かっていた。格子窓を隔てて客と女郎のやり取りがおこなわれていた。

いくつも置かれた燭台の明かりが、濃い化粧をした女の顔を照らしている。傍に寄ると、脂粉の香がただよってきた。

凜之助は端にある見世から、色暖簾を潜って中に入った。

土間にいた男衆は、黒羽織に十手を腰にした凜之助を目にして、「いらっしゃい」と口にしかけた言葉を呑み込んだ。

何をしに来たのかといった目を向けている。追い払われはしないが、歓迎されるわけでもなかった。

上がり框にいた、やり手婆に問いかけた。

「二十八歳になる、房州出の竹造という客を知らないか。この界隈に、顔を出している者だ」

背丈や、鼻の左端の黒子についても触れた。

「たくさんのお客が来ますからねえ。いちいち名なんか訊きませんよ」

さっさと帰れと言わぬばかりの対応だった。こちらが定町廻り同心でなければ、悶着になるところだろう。

「女たちにも訊いてもらいたい」

やり手婆や男衆には話さなくても、相手をした女郎には話したかもしれない。

「今は、商いのさ中なんですがねえ」

迷惑そうな顔を無視して、格子窓にいる女たちを一人ずつ呼ばせた。

「さあ、覚えちゃあいないねえ」

「よほど金払いがよければ、そりゃあ大事にしますよ」

求める返答が得られないまま、一軒目を終えた。すでに客がついている女は、呼び出すことができなかった。

二軒目も、迷惑がられたが聞き込みをした。

「そういえば、房州出だという松造《まつぞう》という人がいたけど」

鼻の頭に黒子があったそうな。

「歳はどれくらいだ」

「四十前後だろうね」

三軒目、四軒目と訊いて、五軒目は界隈では一番の大見世で美鈴屋《みすずや》という屋号だった。

「そういえば」

ここの女郎の一人が、房州出の竹造を知っていると答えた。歳も黒子も重なった。

「二月前くらいから、度々通ってきます」

四人が猿江の小屋に移ったあたりからだ。

「住まいを訊いたか」

「そんなこと、言いませんよ」

つまらぬことを尋ねるなといった言い方だった。

「その方の名は」

「おふくです」

「そうか」

驚きが顔に出たと思った。源氏名とはいえ、竹造にしてみれば忘れられない名だろう。

「その名について、何か言ったか」

「嫌いな名だと言われました。それならば来なければいいのに」

後半は、腹立たし気な口ぶりになった。客として来ることを嫌がっている。

「酷いことでもするのか」

「ええ。押さえつけて痛いこともするし、乱暴だし」

「なるほど」

七年前の思い出が、「おふく」という名に重なるのだと察せられた。

「復讐《ふくしゅう》のつもりか」

凜之助は胸の内で呟いた。

「それでもね、あの人。花代の他に、心付けだけはいつも五匁銀で何枚もくれるんです」

太い客だと言っている。

「嫌な客だが、仕方がないわけか」

「まあ。そうですね」

竹造の、「おふく」に対する思いの濃さが伝わってきた。五匁銀一枚で、身を持ち崩したのである。忘れられるわけがない。店を追われた直後に、娘の元へ足を運んだ。何を告げようとしたかは分からないが、顔を見ただけで逃げられたのは衝撃だっただろう。

今は五匁銀で、同じ名の女をいたぶっている。そして先日は、仲間と井筒屋を襲った。昔に執着がある。

「また来ると口にしたのだな」

「そんなことを言っていました」

迷惑そうな顔だった。

「現れたならばすぐに、楼主を通して南町奉行所へ伝えよ」

「は、はい」

「やつは悪党だ。口にした言葉を、よく覚えておけ」

凜之助はそれで、女郎屋から引き上げた。

第四章　縁談の行方

一

夜も更けて、凜之助は八丁堀の屋敷へ戻った。人気《ひとけ》のない道を歩いていると、吹き抜ける風が冷たく感じた。

朝比奈家の木戸門を潜った。敷居を跨いだだけで、冷ややかな気配が伝わってきた。迎えに出た文ゑは、挨拶の言葉を受けると、それきり部屋へ入ってしまった。

朋にも挨拶をしたが、「ご苦労でした」と返されただけだった。それから松之助の部屋へ行った。

「今日も、何かありましたか」

さっそく尋ねた。朋と文ゑの様子から、何かあったと推察した。

「何もない」

「ならばそれでよいかと」

ほっとした。

「いや、そうではない」

一喝された。そのまま続けた。

「何もないとは、目に見えぬ何かがあるということであろう。どちらも、わしにも口を利かぬ」

用があれば口を利くが、それさえないという意味だ。

「では、これから何か」

朝比奈家の牝鶏が事を起こせば、雄鶏はただおろおろするだけだ。

「それは分からぬが、二人は昼間、別々に出かけた。どこへ行ったのかは知らぬがな。

厳しい顔つきだった」

「私の縁談の話でしょうか」

恐る恐る訊いた。

「そうやもしれぬ」

気になっても、問いかけられないのが松之助の弱いところだ。凜之助も、穏やかではない気持ちになった。

ただ案じてばかりいても仕方がない。そこで凜之助は、ここまでの調べの報告をした。

「盗賊たちの姿が見えてきたわけだな」

「さようで」

「河内屋が吉太で、井筒屋が竹造に縁のある店だったわけか」

「もちろん金目当てではあったでしょうが、恨みもあったことになります」

「繰綿に関わる店にいて、いられなくなった者たちだ」

「はい。井坂は吉太と縁がありました」

「そうなると、庄左も繰綿に関わる者と考えるのが自然だろう」

「ええ。やつらは繰綿の関わりで知り合い、あるいは前から知っていて、手を結んだのだと考えられます」

「それぞれ主家に恨みを持ち、手引きをする役割を果たしているわけだ」

押込みたちの恨みの糸が、絡んでいそうだ。

「不明なのは、庄左という頭格の男です」

「道筋からいけば、摂津屋に繋がっていてよいはずだが、それがない」

「そこがおかしいですね」

「摂津屋を洗い直してみるがよかろう」

「そういたします」

結城屋の主人錦右衛門に繋がる摂津屋の庄左衛門も気になる。

「怯えるというのは、表には出ていない何かがあるのかもしれぬぞ」

松之助の言うとおりだと思った。


翌朝凜之助は、南町奉行所へ出た。所内はいつものように慌ただしい。町の者が苦情を持ち込んだり、陳情にやって来たりする。また江戸では、毎日のように必ずどこかで事件が起こっていた。どうでもいいようなことでも、出張らなくてはならないことがあった。

しかし何も起こらない区域もある。忙しい者と、そうでない者とでは一日の過ごし方が違う。

凜之助は、詰所で暇そうにしていた忍谷と話をした。ここまでの調べのすべてを伝えたのである。

「竹造というのは、執念深いな」

「商人として生きられなくなったことに、未練があるのでしょうか」

「ないとはいえまいが、女に対しても思い込みが強そうだ」

「そうですね。暇を出された後で、おふくを訪ねているわけですから」

「おふくは、竹造にはもともと強い思いがなかったのだろうな」

忍谷は身もふたもないことを口にした。

「竹造には、無念でございましょう」

そして凜之助は、今日は結城屋について当たるつもりであることを伝えた。

「うむ。摂津屋も気になるところだ。主人の庄左衛門の名は、庄左に近い気がするからな」

「そうですね」

これは凜之助も、気になっていたことだった。何かの思いがあってつけた偽名かもしれない。

「そこでですが」

「何だ」

頼みごとをされると考えたらしい。忍谷は険しい表情を拵えた。

「摂津屋は京橋にあります。義兄上《あにうえ》の見廻り区域でござるゆえ」

調べてもらえればありがたかった。

「いや前にも申した通り、その方が当たるのがよい。細かなことが分かっているゆえな。それは大きいぞ」

忍谷は話に乗らない。厄介な探索だから、忍谷の力を借りたかった。面倒くさがりだが勘の鋭いところもあり、事を推し進めようとする力があった。

とはいえそれは、早く終わらせてしまいたいという怠け心が根にあるからに他ならない。ただ凜之助にしてみれば、手助けを頼めるならば動機はどうでもよかった。その気になったときの忍谷は使える。

小石川養生所からは、何も言ってこない。吉太に当たりたい気持ちは大きいが、今は襲われた店の調べを先にしようと考えた。

問題点が現れたときに、そこを当たろうという判断だ。

二

凜之助は、深川一色町の太物屋結城屋の店に入った。この日も、客の姿はなかった。

小僧が、土間を掃いていた。

挨拶もそこそこに、帳場にいた錦右衛門と向かい合った。

「賊の手掛かりが、得られましたのでしょうか」

さえない表情を向けた。賊が捕まっても、奪われた四百二十両は戻らないと考えている。押込みから、すでに二年半が過ぎていた。

「だいぶ明らかになった。その方が覚えていること、新たに思い出すことをつぶさに話せば、捕縛に近付くであろう」

凜之助は告げた。

「はい、何でございましょう」

押込みに対する恨みや憎しみの気持ちはある。引き継いだ店を、半分にした相手だ。金の恨みだけではないだろう。

そこで凜之助は、押込みを続ける四人の名を挙げた。結城屋へ押込んだのは三人だが、あえて四人の名を挙げた。

前に尋ねたときは、押込んだ者に覚えがないかといった程度のものだった。何か出てくれれば幸いといった考えだった。しかし今回は違う。

特に気になるのは庄左という者だが、それを含めて、錦右衛門は聞き覚えがないと告げた。

「庄左は、三十六歳だ。歳が近い者で、思い当たることはないか」

「それならば摂津屋の庄左衛門さんですが」

名は似ているが、それでは話にならない。しかし錦右衛門のこれまでに、関わった者がいるのは明らかだと思うので、問いかけを進めて行く。

「その方が結城屋へ婿に入ったのは、いつのことだ」

「十三年前の二十二歳のときでございます」

その頃の名は利吉だった。婿に入って後を継いで、代々の主人の名である錦右衛門となった。

「前から、婿入りの話はあったのだな」

「はい。摂津屋さんの先代と、うちの先代が話をつけたと聞いております」

結城屋には、男児がいなかった。

「婿になりそうな、適当な番頭なり手代はいなかったのか」

競争相手はいなかったのかと訊いたつもりだった。いれば新たな容疑者になるかもしれない。

「いなかったと聞いています」

手代はいたが、庄左という者はいなかった。

「店以外にも、名の挙がった者はいなかったのか」

「いたかもしれませんが、私は存じません」

それは自分も考えたと付け足した。しかしもう十三年前のことだった。先代は亡くなっているので、訊きようがない。

「そういえば、摂津屋の庄左衛門も同じ頃婿になったのだったな」

「はい。向こうの方が、数か月先でした」

「庄左衛門、その頃は弥助と名乗っていたと聞くが、そちらが婿になる話は出ていなかったのか」

「ありませんでした」

「その方が、知らなかっただけではないか」

「いえ。そんなことはありません」

「なぜ分かる」

「弥助さんとお店のお嬢さんだったお楽さんは、好いて好かれる仲でした」

「なるほど。それならばないな」

耳にした直後は驚いたが、考えてみれば珍しい話とはいえない気がした。若い男と女が、同じ屋根の下で暮らしていた。

「その方は、それを前から知っていたのだな」

「ええ。弥助さんとは、奉公したときから気が合いました」

だからこそ結城屋が賊に入られた後、摂津屋は金銭面での手助けをしたという流れになる。

それから凜之助は、小石川養生所へ足を向けた。三雪は姿を見せていなかったが、この日は書の稽古があった。

吉太は目を覚ましていた。骨折はともかくとして顔の腫れなどは、明らかに治まってきていた。

「順調な回復でござる」

榊原はそう言った。凜之助は枕元に座って、早速話しかけた。

「その方と竹造について、あれこれと話を聞いた。もう隠すことはないぞ」

まずそう告げてから続けた。

「その方は河内屋の手代で、先に入った手代の助次に酷い目に遭わされたというではないか。番頭の対応も、酷かったと思うぞ」

それで天井を見ていた吉太が、凜之助に顔を向けた。とはいえ、何かを言うわけではなかった。

「助次はその後、どうしているか存じているのか」

「さ、捜したが、分からなかった。あの野郎。どうせ、ろくなことには、なっていねえだろう」

憎しみは、まだ消えていないようだ。

「竹造も、奉公先の井筒屋には恨みがあったのであろう」

「まあ」

「その方は河内屋へ、竹造は井筒屋への手引きをしたわけだな」

「へえ」

凜之助の問いかけに、やや間を置いてから、吉太は返事をした。

「その方は、井坂に誘われて仲間に入ったのだな」

「そうでした。あっしを探してくれて」

河内屋を出されて行く場所もなかった。井坂が株を売って直参でなくなったことは知っていた。それでも年に一、二度は訪ねて来たそうな。

「苦しい時なのに、ありがたかった」

「うむ」

「だから、誘われたら断れやせん」

「押込みをすると知らされてもか」

「この先どうやったって、何も変わりませんや。おれたちは、もうまっとうな道では生きられねえんですよ」

「そうかな」

「ええ。それにね、河内屋を襲ったときは、胸がすっきりしやした。板の間を這《は》いずり廻っていたおれが、土足で主人の部屋へ押込んだんですから」

「番頭を刺したのは、その方か」

「あの野郎、怯えた目をしやがった」

愉快そうな目をした。返事を逸らしたが、認めたようなものだった。犯行の場で捕らえられた以上、隠し立てはできないと感じたのか。

「では井筒屋は、竹造が手引きをしたわけだな」

「そうです」

「主人を刺したのも、竹造か」

「恨みがありやしたからね」

「結城屋への押込みはどうか」

と問うと、顔に困惑の色を浮かべた。

「そのときは、あっしはまだ仲間ではなかった」

押込みが済んだところで、井坂から声をかけられた。うまくいった後だから、三人とも上機嫌だったそうな。

「次の押込みまで、二年開いているぞ。何をしていたのか」

これも聞いておきたい。

「江戸を出たんですよ。そこで百姓家や旅籠《はたご》などで、小さな押込みをしやした」

それには、吉太も加わった。

「それで江戸へ戻って来たわけだな」

「皆、江戸へ帰りたがりました。あっしも」

「江戸の水が、恋しくなったわけだな」

「へえ」

「庄左と竹造、井坂は、どうして繋がったのか」

皆が皆、前々からの知り合いだったとは思えない。

「庄左と井坂様は、たまたま煮売り酒屋で飲んでいて、隣の縁台にいたのだとか。話が合ったようで」

「竹造は違うな」

「へえ。庄左が、馴染みの者として誘ったそうです」

同業の手代として、前から知り合いだったという。追い出された者同士で、恨みや怒りを募らせたのか。繰綿問屋を狙ったわけが、これで分かった。

「次に押込む場所については、話をしていたのか」

「井筒屋への押込みが済んだ後で、することになっていた」

吉太には、知らされなかった。

「しかし庄左は、決めていたのだな」

「そうだと思いやす」

「庄左に、縁のある者だな」

「おそらく」

「庄左とは、何者か」

ここが一番知りたいところだった。これまで、一切姿を見せていない。

「繰綿を商う問屋に奉公していたようで」

話を聞くと、繰綿商いに詳しかった。

「奉公していた頃の話をしたのか」

「めったにしなかった。そういう話は、避けていたような」

「奉公をしていた店の屋号は」

次に押込むのは、ここになると考えている。

「聞いていません。庄左というのは、本当の名ではないような」

言われてみれば、そうかもしれないと思った。井坂伝之助は、内坂伝五郎と名乗っていた。

「存じているのか」

「あっしは、知りやせん。本当の名なんて、どうでもよかった。稼げて、面白おかしくやれれば、それでいいわけで」

「なるほど。義理があったのは、井坂だけか」

考えてみれば、結城屋へ押入ったのは、庄左と結城屋の間に何かがあったからだ。名を変えているから、錦右衛門は気がつかない。

「あるいは、何かを隠しているのか」

凛之助は呟いた。ともあれ吉太からは、今尋ねたいことは聞くことができた。

「それにしても、よく話したな」

ねぎらうつもりで言った。黙っていれば済むことも口にしていた。

「三雪様に、よくしてもらいやした。おれのような者に」

「なるほど」

三雪の働きは、大きかった。

三

小石川養生所を出た凜之助は、京橋と芝の境目汐留川河岸へ出た。金六町の摂津屋は、いつものように商いをしている。人の出入りは少なからずあって、そのたびに「いらっしゃいませ」と店の者たちの声が外にまで聞こえた。

店の様子を見ていると、女房のお楽が娘を連れて外出から戻ってきた。笑顔で、店先にいた手代に声をかけていた。満ち足りた暮らしをしている女の雰囲気があって、美しいと感じた。

凜之助は店の敷居は跨がず、自身番へ行った。そこの書役に問いかけをした。

「その方はここへ詰めて何年になる」

「もう十一年になります」

「そうか」

これでは、役に立たない。手代だった利吉が結城屋へ婿に入り、弥助だった庄左衛門が摂津屋の婿になった十三年前を、知っている者に当たらなくてはならなかった。

「町内では、味噌醤油を商う田所屋《たどころや》さんの御隠居が、その頃のことを御存知かと思いますよ」

書役が言った。亡くなった摂津屋の先代とは、昵懇《じっこん》の間柄だったという。

凜之助は田所屋へ行った。摂津屋の十三年前について尋ねたいと告げると、庭に面した日当たりのいい部屋へ通された。ここにも柿の木があって、熟れた実がなっている。鮮やかな色だ。

風が吹いて、数枚の落ち葉が舞った。

事件の詳細は伝えないが、繰綿に関する事件の中で、当時のことを知りたいと伝えた。

「手代だった弥助は摂津屋の婿になり、利吉が結城屋の婿に納まるまでの話でございますね」

「そういうことだ。そこにもう一人、庄左なる者が絡んでいるのではないかと見ているのだが」

凜之助は疑問に思っていることを伝えた。

「弥助と利吉は、仲が良かったですよ。半年くらい前から、結城屋への婿入り話は出ていました」

「順当に決まったわけだな」

「いや、そうではありません。弥助という話も出ていました」

「今の庄左衛門だな。しかし弥助は、娘のお楽と思い合う仲だったと聞いているが」

「そうですがね、摂津屋にはもう一人、使える手代がいました」

「ほう」

「新三郎《しんざぶろう》という者で、あの二人よりも一つ歳上でした」

初めて耳にする話だった。庄左衛門と錦右衛門は話題にしなかった。隠していたのかとも考えたが、こちらはその点について、問いかけたわけではなかった。

「ではそれが、どちらかの婿になるという話だったわけか」

「そうです。先代の庄左衛門さんは、新三郎を婿にしたかったようです」

「お楽の気持ちを、知っていてか」

気づいても、添わせるとは限らない。商いのことを第一に考えれば、そちらの方が自然だ。

「知らなかったと思います。そのときは、店のことだけを考えていたようで」

娘が父親に、思いを伝えられなかったとしてもおかしくはない。

「すると先代は、弥助や利吉よりも新三郎を買っていたわけだな」

「そう話していました」

「新三郎は、それを知っていたのか」

「はっきりとは伝えていなかったはずですが、それとなく、におわせてはいたようです」

「では張り切ったであろう」

「まあ」

「しかしそうはならなかった。なぜか」

そこに何かがありそうだ。

「新三郎は品の卸先である北関東の地回り問屋芳賀屋《はがや》の主人仁兵衛《にへえ》に、手を上げてしまいました」

「それはまずかったな」

「手を上げたとはいっても、殴りつけたわけではありませんよ」

摂津屋の不手際に怒った仁兵衛が、顔を近づけた。体も近づいて、新三郎は胸を手で押した。見たところ確かに、力は入っていた。

「仁兵衛さんはそれを、打擲《ちようちやく》だと騒ぎ立てたんですよ」

傍にいた店の者たちが、新三郎の体を押さえつけた。仁兵衛は、痛い痛いと大げさにやったらしい。

「新三郎が手を出した、となったわけだな」

「ええ。そうなると婿どころか、店にはいられません」

凜之助にも、分かりやすい話だった。

「そこで弥助が摂津屋の婿に、利吉が結城屋の婿に納まったわけだな」

「その段階でお楽さんは、泣きながら弥助への思いを先代に伝えたようです」

弥助は冒険をしないが、堅実な商いをしていた。婿としての資質が、なかったわけではない。

「新三郎が仁兵衛の相手をしなければ、弥助か利吉のどちらかは、婿になれなかったわけだな」

「そうなります」

「もしお楽が、もっと早く父親へ弥助への気持ちを伝えていたら、どうなったと考えるか」

新三郎が、卸先の主人と悶着を起こしていないことを前提にしての問いかけだ。

「先代は、お楽さんの思いを受け入れたのではないですか。一人娘を可愛がっていましたから。それに弥助の堅実さも、商いには大事なことです」

「すると新三郎は、摂津屋の婿にはなれなくても、結城屋の婿にはなれたかもしれないわけだな」

「そうですね。三人の中では、利吉がやや劣ると見られていました」

「新三郎のしくじりがあったのは、利吉にとっては幸いだったわけか」

「まったくです」

ここで凜之助は考えた。新三郎が庄左ではないかということだが、それだけではない。仁兵衛にはもちろんだが、新三郎は弥助と利吉にも恨みを持っていた。だからこそ、結城屋を襲ったという筋書きだ。

「とはいえ、新三郎に不始末があったのならば、利吉を恨むのは筋違いではないか」

凜之助は呟いた。ただ新三郎の不始末に、何かからくりがあって、それに弥助や利吉が絡んでいるとなれば、話は別だ。

新三郎は、わざわざ庄左という名で仲間と過ごしている。何の気持ちもなければ、そういうことはしないだろう。庄左が庄左衛門をもじった名であることは、もう疑いないと凜之助は思っている。

「その地回り問屋との悶着だが、顚末《てんまつ》は分かるのか」

「私は分かりませんが、その頃に摂津屋で番頭をしていた万之助《まんのすけ》という者がいます。もう五年以上も前に隠居して、築地《つきじ》で暮らしています」

その場所を聞いた。

四

摂津屋の元番頭万之助は、築地南飯田町《みなみいいだまち》に住まいをもうけ、太物屋で番頭をする倅一家と暮らしていた。釣り好きで、小舟を持って沖へ出るとか。

凜之助は、すぐに向かった。江戸の海は静かで、初冬の日差しを受けて輝いている。海鳥の鳴き声が、遠くから聞こえた。

日焼けした六十半ばの老人が、訪ねた凜之助の前に現れた。

「弥助は、よくやっています。引き継いだ店をちゃんと守っていますからね。跡取りもできましたし」

万之助は満足そうな顔で言った。小僧として、初めて店にやって来たときのことを、覚えていると付け足した。怯えた目で、店の中を見回していたとか。

「初めのうちは目立ちませんでしたが、よく気がついて、丁寧にやりました。新三郎とは違いますが、あれはあれでいいという話になりました」

帖付けをさせると、いつの間にか新三郎を凌ぐようになった。

「婿として決めるときには、意見も言いました。新三郎が、あんなことになりましたのでね」

その折の詳細を話してほしいと頼んだ。新三郎が起こした悶着についても、詳細を聞いておかなくてはならない。

「三人は子飼いの手代で、弥助と利吉が同じ年に、新三郎がその一年前に奉公をしてきました。そのときは皆、遊びたい盛りの子どもでしたね」

「しかしよく働いたわけだな」

「ええ。同じ頃に入った他の小僧もいましたが、続かずに辞めた者は少なからずありました」

「一番使えたのが、新三郎だったとか」

「そうですね。あいつは辛抱強かったし、機転も利きました。三人の中では、頭一つ出ていた感じです」

「お楽の婿にしたいと、先代は考えたわけだな」

「はい。先が楽しみでした。お楽さんの婿になるのは、新三郎ではないか。そんな雰囲気に、いつの間にかなっていました」

「なるほど。先代も、そういうことをにおわせたわけだな」

「ええ。本人は、その気になっていたかもしれません」

「同時に、結城屋への入婿話もあったと聞くが」

そちらにも触れる。

「はい。お楽さんの気持ちが分かる前までは、弥助か利吉をやる腹積もりでいました」

繰綿が太物になっても、主人として店を切り盛りできる。一介の奉公人にしてみれば、嬉しい話だ。

「弥助と利吉は、競ったのであろうか」

「どうでしょう。弥助は、お楽さんと好き合っていたわけですから」

「二人のことを、新三郎や利吉は知っていたのであろうか」

「弥助と利吉は仲が良かったですからね。利吉は知らされていたかもしれません。あるいは気づいたかも」

「新三郎は、知らなかったわけだな」

弥助とお楽は、隠しただろう。禁断の恋だ。

「そういうことには、疎かったかもしれません」

「商い一筋か」

「面白みが、分かっていたのでしょう。進んで仕入れ先や卸先にも足を向けました」

「新三郎に欠点はなかったのか」

「一つだけ、ありました。辛抱強いと申しましたが、その我慢が切れると、抑えがきかなくなるところがありました」

「なるほど、芳賀屋と揉《も》めたのがそれだな」

「そういうことで」

「どのようなことがあったのか」

一応耳にしているが、聞いておく。新たなことが聞けるかもしれない。

「摂津屋では、瀬戸内《せとうち》の湊から仕入れていた繰綿を北関東の地回り問屋へ卸していました。顧客である取手宿《とりでしゅく》の芳賀屋の主人仁兵衛さんは、仕入れ量も多くて摂津屋にしてみれば大事な客でした」

繰綿を仕入れた芳賀屋は、鬼怒川《きぬがわ》や小貝川《こかいがわ》流域の小売りに卸し、百姓が余業として木綿糸を拵えた。

「仁兵衛は、無理難題をしかけたのか」

「もともと仁兵衛さんは、手代には傲慢《ごうまん》な態度を取っていました。また小さな不注意や過ちを見つけるのが得意で、それを大げさに責め立てました」

すぐに腹を立て、強い口調で詰《なじ》る。怒りがなかなか収まらない。

「やりにくい客だったわけだな」

「ですからこちらは、芳賀屋さんとの商いでは慎重にやっていました」

「それでも、ついうっかりがあったわけだな」

「はい。気を引き締めてやろうとしますが、そういうときほど、つまらない小さなしくじりをしてしまいます」

「おれも、そういうことがあるぞ」

凜之助も、つまらない小さなしくじりをする。

「本来は、弥助が相手をするはずでしたが、そのときは接客中でした」

「そこで新三郎が相手をしたわけか」

「お待たせすると、機嫌が悪くなります」

「なるほど」

「利吉も手が空いていましたが、そのときは姿が見えませんでした。雪隠へでも行っていたのでしょう」

「それが幸いしたわけだな」

「弥助が、新三郎に頼みました」

「気持ちよく引き受けたのだな」

「腹でどう感じたかは分かりませんが、嫌な顔はしていなかったと思います」

新三郎には、親分肌といったものが窺えたそうな。損な役割でも、あえて受けるという姿勢だ。それも、新三郎の店の中での評価を高めていた。弥助や利吉には、そういう部分はなかった。

「ただあの日は、仁兵衛さんの虫の居所が悪くて、ずいぶんとやられました。一刻半（約三時間）続いても、治まる気配がなかった」

「しつこいな。それほど酷い、手落ちがあったのか」

「そのとき一つあったのですが、もう一つ前のことがありました。それでねちっこかったのですね」

「前のことは、新三郎が受けるべき苦情ではなかったわけだな」

「おっしゃる通りで」

しかし仁兵衛は執拗《しつよう》だった。他人の不始末で、一刻半やられたら、さすがに辛抱も切れるかもしれない。

「おまえのような者は、店を辞めさせてやる。辞めさせなければ、以後の商いはしないと迫りました」

「そこまで言われたのか。奉公人としては、辛いな」

相手の、一番困るところを突いてくる。

「ええ。新三郎は謝っていたのですがね、謝り方が悪いとかなんとか。それでまた」

「ついに辛抱が切れたわけだな」

「そういうことで」

「事が起こった後で、前のしくじりは、自分のせいだったと弥助が名乗り出ました」

泣いて詫《わ》びたそうな。しかし手を出してしまった後では、どうにもならなかった。すでにしくじりは問題ではなく、客に手を出したことが取り返しのつかないことになっていた。

「店には置いておけなかったわけだな」

「腹を立てた仁兵衛さんは、知り合いたちのもとを触れて廻りました」

「しかし押しただけではないのか」

「仁兵衛さんにしたら、そんなことはどうでもいいのですよ。己の腹が癒えさえすれば」

「ううむ」

とはいえ仁兵衛の執拗な一面は、多くの者が目にしていた。新三郎には、小判三枚を持たせて店を出したとか。

「何であろうと、手を出したのは新三郎でした」

辞めさせたことで、仁兵衛は機嫌を直した。商いは、今でも続いているはずだと万之助は言った。

「新三郎は、小判三枚で納得したのか」

「しないでしょう。ただどうにもならないことは、分かっていたはずです」

「その四月後、弥助はお楽と祝言を挙げました」

と続けた。

「新三郎は、そのことをどこかで知ったのであろうな」

凜之助は胸に浮かんだことを、口に出して言った。

五

築地を出た凜之助は、西本願寺《にしほんがんじ》の門前を通り抜けて、京橋金六町の摂津屋へ行った。

庄左衛門の話を、聞かないわけにはいかない。

帳場に姿が見えなかったので、手代に来訪を伝えさせた。

凜之助の顔を見た庄左衛門は、両手をついて頭を下げ、上がるようにと告げた。こちらの表情から、何かを感じたらしかった。というよりも、覚悟をしていたという印象だった。

「どうぞ」

腰を下ろすとすぐに、お楽が茶菓を運んできた。すでに何度か訪ねているが、初めての待遇だった。お楽は事情が分からないからか、不審な目を凜之助に向けた。

「この前は、庄左という人物について尋ねた。その方は知らないと申したな」

二人だけで向き合うと、凜之助は早速問いかけを始めた。

「はい。申し上げました。初めて聞く名でございましたので」

微かな怯みを見せた後で、庄左衛門は返した。

「しかし誰なのか、見当がついたのではないか」

「つきました」

目を逸らせたまま答えた。

「なぜ言わなかったのか」

「違うかもしれません」

確かに断定はできない。しかし口にしても、問題はなかった。言えなかったのには、わけがあるからだと凛之助は受け取った。

「誰か申してみよ」

「新三郎さんです」

「この店の手代だった者だな」

「さようでございます」

こちらがすでに調べていることは、気づいているはずだった。

「なぜ新三郎だと、考えるのか」

「あの人が摂津屋を出なくてはならなかった事情が、頭に浮かんだからでございます」

芳賀屋の主人仁兵衛の話をした。耳にしていたものと、ほぼ同じだった。

「おれはそれまでにあった三つの押込みに絡めて、庄左の名を挙げた。なぜそれが新三郎に繋がるのか」

「襲われた中に、利吉さんの店が入っていました。しかもお告げになった名は、私と同じ庄左でございます」

その名のことは、初めて聞いたときから気になっていたと言い足した。

「それだけで、新三郎は結城屋を襲うか」

すると庄左衛門は、わずかに躊躇うふうを見せてから口を開いた。

「あの日、私は他の客の応対をしていました。利吉さんは雪隠へ行っていました。もしあの折、ほんの少しでもときがずれていたら、私か利吉さんが芳賀屋さんの相手をしていたと存じます」

「それはそうだ」

「新三郎さんにしたら、面白くなかったでございましょう。あの人は店を出され、私は摂津屋へ、利吉さんは結城屋へ婿に入りました」

「それはそうだが。持って生まれた定めというものではないのか」

押しのけたのではない。運命を恨むことはできても、誰かを恨む筋合いのものではないと言いたかった。

「当人にしてみれば、それで収まりがつくとは限りませぬゆえ」

庄左衛門は、摂津屋が襲われるのではないかと怖れていた。そういう気持ちが、根にあったからだと分かった。

とはいえ、凜之助には腑《ふ》に落ちないことがあった。井筒屋を追われた竹造、河内屋にいられなくなった吉太とは、違う気がした。新三郎は不運だった。話を聞く限り、弥助や利吉には悪意がない。

「新三郎は、根に持つ気質なのか」

「そうとは思えませんが」

新三郎について、分かることを話させた。

「あの人は武州深谷《ぶしゅうふかや》の水呑百姓の三男で、江戸へ奉公に出てきました」

「商いで、身を立てたいと考えていたわけだな」

「そうです。奉公してからの暮らしは、村よりもよほどいいと話していました」

「ほう。どこがだ」

苦しいとして、続けられない者もいる。奉公先を逃げ出して、小悪党になり下がった者を何人も目にしてきた。

「毎日、欠かさず三度の食事ができます。読み書きや算盤も、習うことができました。村にいたら、粗食に耐え泥にまみれて死ぬだけだと」

「商いに励んだわけだな」

「あの日までは、順調でございました。人が嫌がる仕事も、新三郎さんは気持ちよくやってくれました」

田舎出の水呑の三男が、江戸で一旗揚げる目前まで行ったのである。

「うむ」

「あの日だって、断ることはできたのです」

弥助と接客を代われればよかったのだし、利吉の雪隠は終わるのを待ってもよかった。

「面倒とは分かっていても、芳賀屋さんの前に出たんです」

「それこそが男気と言っていいが、新三郎は悔いている。受けなかったその方らを恨んでいると考えるわけだな」

「結城屋さんが押込まれた以上、そう考えるしかありません」

庄左衛門の言葉には、頷かせる部分はある。ただそれでも、吉太や竹造とは違うと考える。

また庄左衛門の言うとおりだとするならば、新三郎は摂津屋を襲うことになる。

「用心棒を雇っても、よいかもしれぬ」

「いやそれは」

雇うつもりはないらしかった。確かに井筒屋では、雇っていた用心棒は役に立たなかった。

「ともあれ警戒はいたせ。町の者や岡っ引きにも、話を入れておこう」

凜之助は言い残して、摂津屋を出た。

そして凜之助は、岡っ引きに話を伝えた後で、庄左衛門の評判を聞いた。まずは自身番に詰める書役と大家の言葉だ。

「あの人は、裏表のない人です。町のために、いろいろよくしてくださいます」

「そうですね、親身になっていただけるのがありがたい」

豆腐屋の親仁にも問いかけた。

「月行事のときには、お世話になりました。気持ちよく、話を聞いてくれました」

隣町の繰綿問屋の主人にも問いかけた。

「商いにも気持ちがこもっています。入荷が遅れたときには、荷を回していただいたことがあります」

悪くは言わなかった。吝《しわ》いとか冗談が通じないとか口にする者はいたが、それはご愛嬌《あいきょう》といったところだろう。

恨まれて、襲われる人物には思えなかった。

六

京橋にいる間に、すっかり日は暮れていた。風が冷たくなって、道行く人は足早になっていた。

凜之助は、南町奉行所へ戻った。詰所に忍谷がいたので、今日の調べの詳細を伝えた。

「そうか、いよいよ摂津屋か」

聞き終えた忍谷は、苦々しい顔になって返した。

「襲うでしょうか」

「金だけが目当てならば、当分はやらないだろう」

「井筒屋から奪ったものがありますからね。一、二年では使い切れないでしょう」

「ただ恨みがあるならば、話は別だ」

同感だが、そのあたりははっきりしない。ただ庄左衛門と話をしていると、裏に何かありそうな気もする。

「その方も、おちおちはできぬぞ」

「はい。しかし義兄上が目を光らせております」

凜之助は、先回りして言った。京橋は忍谷の町廻り区域であることを、伝えたつもりだった。

「その方が追っている案件ではないか」

「しかし押込んできたら、それでは済みますまい」

ここははっきり言った。

「そうだな、心しよう。押込むとした場合、いつ現れるかだな」

「今夜かもしれませんし、半年一年先かもしれません」

「押入る決め手は何だと考えるか」

「店に金子があるかないかだと」

金子があるならば、今夜にも押込むかもしれない。要は狙った繰綿問屋に金子があるかどうか、そこを見極める力があれば押込んでゆく。

「手先の者に様子を探らせよう。しかしあまり同心が近寄らない方がよさそうだ。気がつけば警戒するだろう」

一味は、摂津屋を探っているという前提での言葉だ。

「こちらがやつらについて、どこまで分かっていると見るかによりますね」

「うむ。気がつかれていると知ったら、しばらくは襲わないだろう」

逃げた三人の行方は分からない。

「回向院門前の女郎屋からは、何も言ってきていないのだな」

「来ていません。竹造は、もう行かないかもしれません」

猿江村の小屋は、もう隠れ家ではなくなった。離れた場所を隠れ家にしていたら、本所まで足を運ぶのは面倒だ。

「いやあやつは、おふくに執着があるぞ。いじめてもな、それなりの銭を与えている」

「気持ちが、捩《ね》じれていますね」

ともあれ、竹造は動いていない。それで忍谷とは別れた。


凜之助は屋敷に帰るために、八丁堀の道を歩いていた。屋敷の門が見えるところで、凜之助は立ち止まった。提灯《ちょうちん》を手にした娘が、道へ出てきたところだった。淡い明かりが顔を照らしている。お麓だった。

「おや」

少しばかり驚いた。今日は書の稽古の日だから、お麓は来ない日だった。にもかかわらずやって来た。しかもこんな刻限にだ。

「まあ、凜之助さま」

向こうも気がついて、傍にやって来た。困ったような、恥じらうような笑みを浮かべた。

何かあったのだと思ったが、口には出さなかった。お麓の抱える事情に、こちらから口を挟んだことは一度もない。

「お師匠さんとお話をしました。少し、長引きました」

いつものように明るく言ったが、どうも雰囲気が違う気がした。すっきりしないものがある。

「話は、ついたのか」

中身については訊けないので、そういう問い方になった。文ゑはお麓との祝言を進めたがっている。

他に、こんな刻限まで、話すような出来事があったのか。

「まあ、どうにか」

やはり見せた笑顔が、いつもと違うと感じた。そしてお麓は、丁寧に頭を下げると行ってしまった。

門を潜り玄関式台に立つと、文ゑが迎えに出た。

「今そこで、お麓どのに会いました」

「そうですか。今まで話をしていました」

「どのような」

軽い口調にして訊いてみた。気にはなっていた。

「あれは、よい娘です」

と返してきたが、それは問いかけの答えになっていなかった。

「まことに」

異論はない。ただはぐらかされると、ますます気になった。文ゑは、それ以上は何も口にしなかった。強く勧められたならば困るが、知らぬ間に何かが起こっているのならば、それはいただけない。

そして朋の部屋へ行った。いつもと変わらないように見えたが、挨拶を受けた後でぽつりと言った。

「三雪どのは、今日の稽古を休んだ」

「そういえば、養生所にも顔を見せていませんでした」

これまで、稽古を休んだという話は聞かない。

「どこか悪いのかと思って、見舞いに行った」

「それはよろしゅうございました」

凜之助も気になった。

「病ではなかった」

「それは何より」

ほっとした。

「いろいろと話をした。話せば話すほど、そなたの妻にふさわしい娘だと思いました」

「さようで」

不満はないが、どう返事をすればいいか迷う。しかし朋は、それ以上のことは口にしなかった。迫られれば困るが、これで話が終わってしまったのは物足りない気がした。

そして松之助に挨拶をした。大型の鳥籠がだいぶ進んでいた。

まず凜之助は、新三郎に関する調べの詳細について話した。

「庄左衛門は、まだ何かを隠していそうだな。錦右衛門も、すべてを話してはいまい」

松之助は、凜之助の思いを言い当てた。

「摂津屋もですね」

「そうなるな」

「ならば庄左衛門は、稀代の悪党なのでしょうか」

善人だと見ている自分は、すっかり騙されていることになる。

「そうとは限るまい。人は心に、いろいろな傷を抱えているということではないか」

「どのような」

「それはお前が、見抜いてゆくものだろう」

見抜けてはいない。おぼろげに、腑に落ちないものを感じているだけだった。

「私はまだ、修行が足りません」

「気づけばよい。心して見よ」

そして松之助は話題を変えた。

「今日、母上と文ゑが話をしていた。半刻（約一時間）ほどだ」

「それは珍しいですね」

二人は、用事以外は話さない。半刻というのは、よほどの内容だと察せられた。何についてかは、すぐに分かった。

「話は揉めたのでしょうか」

「大きな声を出すことはなかった」

「話をした後は、どうなったのでしょうか」

決着をつけたのか。ならば揉めたはずだ。どちらにしても、己の考えを抑えることはありえない。

「お麓が訪ねて来た。四半刻（約三十分）ほど話して帰った」

「どういうことでしょうか」

「分からぬ。おれには、何も知らされぬ」

珍しく不満そうな顔になった。そして続けた。

「その方の祝言に関わることで、話が進んでいるのは間違いない」

「そうやもしれません」

朋も文ゑも、これまでとは様子が明らかに異なる。お役目の面だけでなく、暮らしの部分でも何かが起ころうとしていた。

第五章　三雪とお麓

一

翌朝、凜之助が町廻りをしていると、「かっぱらいだ」という声に遭遇した。見ると無宿者ふうが、青物屋から大根二本を奪ったところだった。

知らぬふりはできない。

「待て」

追いかけたが、無宿者ふうはなかなかの俊足だった。捕らえるのに息を切らした。町の者が手を貸して捕らえた。

「腹が減っていたもんで」

無宿者は供述した。銭は持っていなかった。大根二本は返させ、凜之助が説諭した上で放免した。

大根二本で牢屋敷へ入れていたら、牢舎はいくつあっても足りなくなる。

「手間をかけおって」

とは思ったが、食えない無宿者は少なからずいる。一つを片付けて、町廻りを続けた。

町の者に声をかけながら歩くが、凜之助は頭の中では、庄左こと新三郎の動きについて考えていた。

長年育ててきた夢が、一瞬にして潰《つい》えた。驚きや怒りに苛《さいな》まれ、絶望したことだろう。運命や関わった者を恨みもしたはずだ。

ただ新三郎は、これまでに聞き込んだ限りでは軽はずみに動く者とは感じなかった。仁兵衛に手を出したのが、唯一の例外といってよかった。

金子が目当てであったにしても、吉太と竹造には恨みを晴らさせた。盗人四人の動きは、洗うことができたと考えていた。

けれども二年半前に結城屋を襲った後二年の間、姿を消していた。江戸にはいなかったと聞いていたが、確かめてはいなかった。

「その間、何をしていたのか」

まったく見えない。三人で動いていたのか。吉太が加わって四人だったのか。それとも別々に過ごしたのか。

結城屋から奪った四百二十両は、三人で山分けならば一人百四十両となる。相当な贅沢をしても、二年を過ごすには充分過ぎる金高だ。ならば何もしていなかったのかと考えると、そうでもないような気がした。

「あっ」

そこで思いついた。新三郎にとって、もっとも恨みが大きいのは、水戸《みと》街道取手宿で繰綿を扱う地回り問屋芳賀屋の仁兵衛のはずだった。この人物が執拗に絡まなければ、事件は起こらなかった。

憎んでも憎み切れない相手のはずである。

そこで凜之助は神田川《かんだがわ》の柳原《やなぎわら》土手にある関東郡代の屋敷に足を向けた。そこへ行けば、取手宿での出来事について、報告が来ているだろうと考えたからだ。

水戸街道が天和《てんな》、貞享《じょうきょう》年間（一六八一から一六八八）に整えられると、取手宿は北相馬《きたそうま》地方の中心を担う宿場町として発展した。利根川《とねがわ》に面した土地で、陸路だけでなく川を利用した水運も盛んになった。戸頭《とがしら》や取手、小堀《おおほり》には河岸場が設けられ、特に小堀は荷物の積み換え場所として栄えた。

事件が起こっていたら、報告が入っているはずだった。記録は残しているので、閲覧は可能だ。

手続きを取って書庫に入った。冷え冷えとする部屋に棚がいくつも並んでいて、付箋の付いた綴りが積まれていた。

取手宿及び周辺での出来事についての報告書は、部屋の隅の棚にまとめて置かれていた。

二年半前よりこちらの綴りを当たってゆく。凜之助は江戸御府内の事件や事故しか当たっていないが、北相馬地方でも百姓や商家同士の諍いや事件が少なからず起こっていた。

「おお、あったぞ」

綴りの一つを手にしたところで、凜之助は手を止めた。記されている文字に、目を凝らした。

深川の結城屋が押込みに遭ったそのほぼ一年後のことだ。取手の小堀河岸にある問屋芳賀屋が四人組に押込まれ、六百十両を奪われたという案件だった。

押入った賊の中には、侍が一人交じっていた。

このとき主人の仁兵衛は、賊の一人に抗って刺された。手当てを受けたが、翌日には命を失っている。かなりの深手だった。刺しただけでなく、抉った痕跡もあると記してあった。

「よほどの恨みだな」

押込んだ四人は金子を奪った後、舫っておいた小舟に乗って闇の利根川に紛れ込んだ。土地の岡っ引きや道中役人が探索に当たったが、四人組は捕らえられていなかった。

宿場という土地柄、無宿人や不逞浪人といった不審者は毎日のように行き過ぎる。芳賀屋を探る者の姿はあったが、捕らえるまでには至らなかった。宿場の者の犯行ではなさそうだと記されているが、はっきりはしていない。

未解決の案件として報告されていた。

「新三郎ら四人の仕業に間違いない」

綴りを読み終えた凜之助は決めつけた。結城屋へ押込んだ一年後には、吉太も仲間に入っていたことになる。

関東郡代の屋敷を出た凜之助は、小石川養生所へ向かった。吉太に取手の件を確かめるためだ。

養生所には、今日も三雪の姿はなかった。二日続けて来ていないことになる。

三雪は正式な養生所の者ではないので、来ていないからといって問題にはならない。ただ縁談が進んでいるのではないかという気持ちがあるので、気になった。ただそれを、養生所の者に尋ねるわけにはいかない。

凜之助の妻女を、三雪にするかお麓を選ぶのか、朋と文ゑの間で話し合ったのは間違いないと推量している。それを自分に伝えないのは不満だが、では己で決めろと告げられたら困惑する。

ただ結果を伝えられるのは、そう先ではないと考えていた。

場合によっては、気持ちを問われるかもしれない。そのときの返答も、考えておかなくてはと思った。逃げてばかりはいられないだろう。

ただそれは、極めて難しい。

榊原に吉太の容態を聞いた。

「打撲の腫れはほぼ引いた。抉られた筋肉も、化膿《かのう》などはせず回復に向かっている。縫われた部分は、ほぼ繋がった。後は四か所の骨折だろう」

骨折の完治はまだだが、ときがたてば回復をしてゆく。

「ではもうしばらくすれば、牢屋敷に移せますな」

「そうなるでござろう」

無表情な顔で答えた。生死の境を彷徨《さまよ》っていた男の命を、手当てで救った。けれども牢屋敷へ運ばれれば、吟味の後にはこの世にない者となる。榊原も三雪も、折り合いの付かない気持ちを、しばらくは抱えることになるのだと思った。

凜之助は、吉太の枕元に腰を下ろした。眠っていたらしいが、気配を感じたのだろう、目を覚ました。

「気分はどうか」

「何とか」

そこで問いかけを始めた。

「へえ。取手の芳賀屋へは、四人で押込みやした」

吉太はすぐに頷いた。

「なぜすぐに言わなかった」

「すいやせん」

とはいえ問われなければ、言わないのが普通だろう。今さらではあっても、罪を重くはしたくないと考える。

「芳賀屋を選んだのは、庄左だな」

「そうです。前に、商いで来たことがあったそうで」

摂津屋の手代としてだ。建物の中のことは、多少は知っていたことになる。四人で一月ほど取手に滞在して、店の様子を窺ったのだとか。

「主人を刺したのは誰か」

綴りには記されていなかった。

「庄左さんです」

「芳賀屋の主人は、歯向かったのか」

「金箱にしがみついて、離れませんでした」

「庄左は、体を金箱から剝がそうとしたか」

「いえ。そんなことはしないで、一気に刺したと思います」

それを聞けば充分だった。

二

その日の暮れ六つ過ぎ、凜之助は同心詰所で忍谷と話をしていた。

忍谷はどこで手に入れたのか、角餅を懐から取り出した。七輪で焼いて振舞ってくれた。熱々の餅は、腹が減っていたこともあって、思いのほかうまかった。

たまには歳上らしいこともした。

「金六町は芝口橋の近くだからな、いろいろな者が通るぞ」

「探る気配の者はいなかったのですか」

「いたかもしれないが、決めつけはできなかったようだ」

忍谷は町の岡っ引きの手先に探らせている。手抜きをしたがる忍谷だが、さすがに今回はできないと感じているらしかった。

八つあった餅は、瞬く間になくなった。焦げた醬油が、うまかった。

「摂津屋へはなるべく早く押し込んで、さっさと江戸を出ようと考えるのではないか」

「それについては、町廻りの途中で庄左衛門に尋ねた」

「摂津屋には、今金があるのでしょうか」

忍谷は指についた醬油を嘗《な》めながら言った。

「いかがでしたか」

「月末に、三百両ほどの支払いがあるらしい」

「それは新三郎も知っているのですね」

凜之助は、庄左を新三郎だと確信していた。だからもう庄左とは呼ばない。

「はっきりとした額までは、分からないだろうという話だった」

先代のときから、この時季に同じような額の支払いがあった。

「ならば近々には、襲うのではないですか」

確信に近いものがあった。

「用心棒でも雇ってはどうかと庄左衛門に勧めたが、それはしないと言いおった」

「それがしにも、同じことを口にしたことがあります」

庄左衛門は、一時期賊の襲撃を怖れていたが、心変わりをしたのか。居直ったのか。

「容易く、押込ませはしないがな」

忍谷は金六町の自身番には、高張提灯や梯子《はしご》、突棒や刺股といったものを調えさせたと言った。

「ただ前の押込みから、まだ十日しかたっていません」

そこが気がかりだ。

「さっさと押し込んで逃げるとするのか、間を開けて襲うかは半々ではないか」

忍谷は言った。

そこへ回向院門前の女郎屋美鈴屋の男衆が、南町奉行所へ駆け込んで来た。

「おふくのところへ、竹造が姿を見せました」

「そうか」

顔を見合わせた。待っていた知らせだ。

凜之助と忍谷は、すぐに東両国へ向かった。走って両国橋を東へ渡った。

日が落ちた後の女郎屋街は、ますます賑やかだ。男客が引きも切らない。格子窓の女が、甲高い声を上げていた。

店の者に訊くと、竹造はまだ店にいるという。

「踏み込んで、ひっ捕らえるか」

「いえ。後をつけて、隠れ家を突き止めましょう」

竹造だけを捕らえても仕方がない。出入り口が見える一間に、二人は身を伏せた。

「大きな騒ぎにはしないでくださいまし」

女郎屋のおかみには言われた。

「泊まりになるのか」

忍谷は、厄介そうな顔をした。凜之助は知らぬふりをした。

町木戸の閉まる四つの鐘が、そろそろ鳴りそうな頃合いになった。おふくに見送られた三十前後の男が、出入り口に姿を見せた。

身なりこそは垢《あか》ぬけていたが、顔には荒んだ気配がただよっていた。

凜之助は、顔を覚えた。見世を出た後を、二人でつけた。

男は迷いのない足取りで歩いて行く。ぶつかりそうな相手が現れたら、自分から避けて歩いた。

人の多い場所を抜けて、竪川《たてかわ》河岸に出た。細くなった月が、水面で揺れている。橋は渡らず、河岸の道を歩いた。

そして船着場へ下りた。人の気配はない。闇の中で屈《かが》み込んだ。艫綱を外している。舫っておいた小舟に乗り込んだ。すぐに舟が、水面に滑り出た。

「くそっ」

周囲を見回したが、目につくところに、舟は一艘も停まっていなかった。

小舟は、ぐいぐいと大川方面へ進んで行く。凜之助と忍谷は、河岸の道を駆けて追いかけた。

そしてとうとう、闇の大川へ逃げられてしまった。明かりは灯していないから、こうなるともう捜し出すことはできなかった。

「抜かったな」

惜しいことをした。隠れ家に近付く、絶好の機会だった。

仕方なく凜之助は、忍谷と共に美鈴屋へ戻った。おふくを呼び出して、話を聞いた。

「いつもと、様子は違ったであろう」

「はい。ひと際乱暴で荒々しくて、一人よがりでした」

痛かったと付け足した。二の腕の痣を見せられた。他にもあると言い足した。

「どうしたのさって訊いたら、何でもないって言ったけど」

「何でもない顔ではなかったわけだな」

「気持ちが、高ぶっているみたいで」

「他に、何か言わなかったか」

「二、三日中には、もう一度来ると言っていました」

「他には」

「わけの分からないことを呟いていました。でも」

「聞き取れたこともあったのだな」

「言葉じゃなくて、銭をくれました。いつもよりたくさん」

「そのわけを話したか」

「いえ。でも、あたしを虐《いじ》めました。怖かった。酷いことも言われた。夜叉《やしゃ》のような、酷い女だって。何もしちゃあいないのに」

おふくからしたら、腑に落ちないことだっただろう。

事に当たる前の、不安や怖れをおふくの体にぶつけたのか。

「他にも、言葉を残したであろう」

「次に来るときは、もっとお足をくれるって」
二、三日の間には、金子が入るという意味だ。
「押込みは、明日か明後日か」

今夜ではない。今夜ならば、新三郎は竹造を外に出すわけがなかった。

三

翌日凜之助は、いつもと同じように町廻りを済ませてから京橋へ出た。誰かにつけられている気配はなかった。新三郎や他の二名が、つけてきているかもしれない。慎重を期して、裏道を歩いて摂津屋の木戸口から敷地の中に入った。待つほどもなく、忍谷も姿を見せた。

庄左衛門を呼んで、新三郎ら三人が今日か明日摂津屋へ押込む虞《おそれ》があることを伝えた。そう考えた理由も伝えた。

「さようでございますか」

庄左衛門は顔を顰めたが、取り乱す気配はなかった。恐怖がないわけではなさそうだが、どこかで居直っているように感じた。

「店もその方も、いつもと変わらぬように過ごせ。このことは、番頭と女房以外には伝えてはならぬ」

忍谷が命じた。押込みがあった場合の対策については、昨夜のうちに凜之助と忍谷で話し合っていた。

「襲ってきたところで、間を置かず捕らえましょう」

「うむ。それしかあるまい」

逃げられてしまえば、捕らえようがない。新三郎らは江戸から離れ、当分は姿を現さないだろうと見ていた。それはさせられない。

「店には、夕刻からそれがしが詰めます」

「それでよかろう。おれは捕り方の者たちと、隣の荒物屋に詰めるぞ。何かあったら、すぐに飛び出せる段取りだ」

反対の隣や裏手の家にも、捕り方を置く。南町奉行所の与力も詰める話ができていた。それぞれの家には、朝の内に、忍谷が伝えている。

一度に捕り方がやって来るのではない。一人ずつ、それとなく姿を見せる形だ。目の前の汐留川にも、夕暮れどきから捕り方の舟を潜ませる。

「逃がしはせぬぞ」

万事にやる気を示さない忍谷だが、珍しく気合いを入れた。大きな事件だからか。二度続いた死人を出す押込みは、江戸中を震撼《しんかん》させた。三度目を許しては、町奉行所としても面目を潰す。

「かしこまりましてございます」

話を聞いた庄左衛門は、丁寧に頭を下げた。安堵した表情ではない。捕り方が伏せているからといって、完全ではない。屈託を残していた。

松之助は、「人は心に、いろいろな傷を抱えている」と言っていた。忍谷は店の中や表の通りに目をやった。

女房お楽にも緊張がないわけではなさそうだが、動揺は窺えない。番頭の方がぎこちない。

「新三郎を覚えているか」

と問いかけてみた。

「忘れはしません」

俯き加減になって答えた。場合によっては、祝言を挙げたかもしれない相手だ。

「庄左衛門と、新三郎について話すことはあるか」

「ありませんでしたが、私もあの人も、忘れてはいませんでした」

今度のことがあって、久しぶりに話題にしたとか。

「何と申していたか」

「新三郎さんは、不運だったと」

「そなたは、どう思うのか」

「何もなければ、摂津屋の主人になっていたのでは」

「しかしそれは、そなたの願いではなかった」

「はい。新三郎さんは、切れ者の商人になると見ていました」

素直な顔で、頷いていた。

「弥助は、そうではなかった」

「あの人は地道に商いに当たります。丁寧過ぎるくらい。そして私のことを案じてくれました」

「そちらに惹かれたわけだな」

「新三郎さんは、商いのことしか頭にありませんでした」

それは肌で感じたことなのだろう。

「店の繁盛を考えれば、私はおとっつぁんの話を受け入れるべきだと思いました」

商家の娘としては、当然家業を第一に考える。武家の娘も、御家を第一とする。どちらも親が決めた相手と一緒になるのが順当だ。

「ですが私の願いは、かないました。あの人の不運のお陰で」

声が掠れた。

「私はあんなことがあったから、おとっつぁんに自分の思いを伝えることができたんです」

「それは、己を責めることではあるまい」

「分かっていますが、あの人が身を持ち崩したのは間違いありません。人が殺《あや》められて、高額の金子が奪われました」

「庄左衛門も、同じことを考えているのだな」

「おそらく」

「ならば襲われて、金子や命を奪われてよいのか」

「とんでもございません」

ここはきっぱりと言った。庄左衛門と番頭の様子が、常と微妙に違うのは奉公人たちも感じるらしい。

算盤を弾き違えた手代がいて、客に文句を言われていた。庄左衛門は、ぼんやりとその姿に目をやっていた。

そして夕暮れどきになった。

「いよいよだぞ」

凜之助は、汗の滲《にじ》む掌を握りしめた。暮れ六つの鐘が鳴る前に、店の戸は閉めた。頑丈な心張棒をかけた。ここからが勝負だ。

摂津屋の番頭は通いだが、今夜は泊まる。凜之助や忍谷、捕り方は寝ずの番で押込みに供える。

お楽が女中に握り飯をこしらえさせた。そして三人の賊の襲撃を待った。しかしこの日は、何も起こらないまま夜が明けた。

四

翌朝、凜之助はお楽が用意した朝飯を食べた。店の手代や小僧たちは、夜が明けるはるか前から起き出していた。

「賊は、もう来ないのではないでしょうか」

番頭はそう言った。そうあってほしいという願いがあってのものだ。

庄左衛門は首を横に振った。

「結城屋と芳賀屋を襲っています。必ずここへもやって来ます。ただ昨夜来なかったから今夜、ということはないと思います」

それはそうだと凛之助も思った。竹造は美鈴屋でおふくに二、三日中に来ると告げたが、何かがあれば先延ばしすることは迷わないだろう。

店に支払いの金子がある間は、襲ってくる。

「我らに気づいたか」

忍谷は言ったが、その点では見当もつかない。

凛之助と忍谷、それに捕り方は仮眠を取るために、いったん引き上げた。

多数の武家や町人が、店の前を通り過ぎた。明るい間にも、不審な者は現れないかと見張りをつけた。

そしてこの日も、何事も起きないまま夕暮れどきになった。

昨夜と同じように戸締りをした。今夜現れなかったら、支払いが済むまで、明日も次の夜も待ち伏せるつもりだった。

そして町木戸の閉まる四つの鐘が鳴った。町は寝静まって、吹き抜ける風の音しか聞こえなくなった。

凛之助は闇に目を凝らし、耳を澄ませた。

しばらくした頃、裏木戸に、人の気配があった。

「おおっ」

上げそうになった声を呑み込んだ。ここに来るまで、気配に気づかなかった。現れた者たちは、よほど慎重にやっているらしかった。

戸の隙間から目を凝らしていると、黒い影が三つ摂津屋の敷地の中に入った。顔に布を巻いていて、一人は二本差しの浪人者だと分かった。

三人は閉じられた戸に寄って、一人が一枚をこじ開けた。見事に音を立てない。庄左衛門の寝所に近いあたりである。様子が分かっていての動きだ。

三人の男たちは、建物の中へ入った。素早く廊下に、明かりを灯した。皆、顔に布を巻いている。

「押込みだぞ」

凛之助はここで声を上げた。刀を抜いて、廊下を駆け寄った。もう逃がさない。

建物内が、騒がしくなった。隣家からは、忍谷を初めとする捕り方が駆け寄ってきているはずだった。

「邪魔立てするな」

侍の賊が凜之助の喉首を目指して、刀身を突いてきた。気合いのこもった一撃だった。

室内では大きく振り上げることができない。それを踏まえた突きといってよかった。動きに無駄がなく、力がこもっていた。

凜之助は横に跳んだ。柱が間に入る形での移動だ。相手の切っ先は、こちらの動きに、紙一枚の差で及ばなかった。

相手は刀身の角度を変えて攻撃しようとしたが、間に柱があってそれができない。

凜之助はその肘《ひじ》を打とうとして、刀身を振った。近いところにいるから、小さな動きでも攻めに転じることができた。

けれども相手は、こちらの動きを予想していたらしく、一瞬で斜め後ろに飛んでいた。

それに迫るべく、凜之助は刀身を突き出したまま前に出た。肩先を狙う動きだ。いけると思ったが、相手の姿が薄闇の中に消えた。はっとした瞬間には、こちらの首筋に、切っ先が斜め横から迫ってきていた。

瞬《まばた》きを一つする間の動きで、その速さに驚嘆した。

「たあっ」

迫ってくる刀身を、凜之助は撥ね上げた。浮いた相手の小手を突こうとしたが、今度は向こうが柱の向こうへ身を置いた。

そのまま突けば、こちらが無理な体勢になる。

切っ先をそのままにして、凜之助は相手の体の横に回り込ませる。下手な動きはさせない。したならば、かまわず近いところを突く。

今度は柱を背にさせた。

凜之助は刀身を小さく振り上げて、振り下ろしながら前に出た。二の腕を裂く動きで、相手は逃げるか前に出て払うしかなかった。

ただ柱を背にしているので、身を引く方向は限られていた。

「やっ」

前に出てきた。刀身と刀身が絡んで、がりがりと音を立てた。勢いづいた肩と肩がぶつかったところで、凜之助は横から強く押した。相手は力強い動きだったが、横からの動きには脆《もろ》かった。

体勢がわずかだが、崩れたのが分かった。そのままさらに押して、斜め前に踏み出した。

体が離れた一瞬に、凜之助は相手の二の腕にこちらの切っ先を突き込んだ。

けれどもそれは、避けられた。相手も必死だ。

とはいえその体勢は、均衡を保てないままでいる。凜之助はいったん引いた切っ先を、すぐにまた突き出した。

「ううっ」

肘の骨を砕いた感触があった。瞬間体が硬直して、相手は刀を落とした。

凜之助が腹を蹴ると、相手は尻餅をつくように畳に倒れ込んだ。

気がつくと忍谷が、竹造と思われる男を倒していた。肩を斬られて、畳に臥《ふ》していた。意識はあるが、身動きができる状態ではなかった。

押込んだ賊は、もう一人いる。

「おのれっ」

奥の間に目をやると、そこにお楽を抱え込んだ賊の姿があった。長脇差の切っ先を、首筋にあてている。足元には、三百両が入っているはずの金箱が置かれていた。

一間（約一・八メートル）の位置に、庄左衛門が立っている。

「動けば、女の命はないぞ」

一人になった賊が、嗄《しゃが》れ声で言っていた。庄左こと、新三郎に違いない。

凜之助は、それで動きを止めた。忍谷や出張ってきた与力と捕り方たちも、体を硬くしていた。

燭台だけでなく、いくつもの御用提灯が、室内を照らしている。

「金箱を持て」

賊はお楽を抱えたまま、庄左衛門に命じた。庄左衛門は、屈んで金箱を持ち上げた。三百両は重そうだ。

「その方、新三郎だな」

「それがどうした」

凜之助の問いかけに、賊は否定をしなかった。周囲の捕り方たちに、目をやった。

「勝手な真似をすると、お楽の命はないぞ」

新三郎は冷ややかに言った。庄左衛門は金箱を抱えて、次の指図を待っていた。金子は渡して逃がすつもりだと察せられた。

凜之助や忍谷は、それをさせない腹だ。とはいえ、今はどうにもならない。

「店へ出ろ。そして出入り口の戸を開けさせろ」

新三郎は、庄左衛門に金箱を持たせたまま、通りに出て舫ってある舟に乗るつもりだ。

凜之助は、何かあれば庄左衛門やお楽を刺すのではないかと虞《おそれ》を感じている。金だけが目当てで、押込んだのではないからだ。

お楽の体を抱え、金箱を抱えた庄左衛門を従えた新三郎は、表の汐留川河岸の通りに出た。すでに高張提灯が、当たりを照らしている。

待機していた捕り方が囲むが、手出しはできなかった。隙を窺って、一気に取り押さえるつもりだが、その機会がない。

三人は、船着場へ下りた。舫ってある小舟で逃げる算段だ。新三郎は庄左衛門に、金箱を舟に載せさせた。

「お楽を、離してくれ」

ここで庄左衛門は、賊に告げた。舟に乗ったまま、降りようとはしない。

「それをしたら、おれはたちどころに殺《や》られちまうぜ」

賊が応じた。

「いや。私が、逃げのびるところまでついて行く」

舟の艪を握った。

「ふざけるな。おめえはまた、おれを嵌《は》めるつもりだろう。十三年前のようにな」

怒りをぶつけた。この言葉で、賊はやはり新三郎だったと確認できた。

「そう思うならば、連れて行った先で殺せばいい」

このやり取りに、凜之助は目を見張った。庄左衛門の言葉に、覚悟を感じたからだ。十三年前と言うならば、芳賀屋仁兵衛の一件に違いない。庄左衛門は、新三郎を嵌めたということになる。何をして嵌めたのか。

「よし。殺してやる」

新三郎はお楽の体を船着場に突き飛ばし、舟に乗り移った。

その一瞬の隙を、凜之助は逃がさない。近寄ろうとしたが、そのとき艪を握った庄左衛門が、舟を漕ぎ出していた。

逃げるつもりだ。

新三郎の腕を斬ろうとしたが、切っ先は二の腕を掠っただけだった。

「おのれっ」

逃がせば、庄左衛門は殺されると思った。凜之助は、小柄《こづか》を投げた。庄左衛門の腕に向けてだ。

「うわっ」

庄左衛門は、艪を漕ぐことができなくなった。

このとき忍谷もじっとしていなかった。新三郎を目がけて、突棒を投げつけていた。

同時に闇に隠していた捕り方の舟が、逃げようとした舟の前を遮っていた。

船首が船端にぶつかって、揺れるばかりになった。

凜之助は、捕り方の舟に飛び乗ると刀を振るった。

「覚悟っ」

突棒で体勢を崩していた新三郎に、斬りかかったのである。新三郎の二の腕を斬るつもりだったが、舟が揺れた。

凜之助の刀身は、新三郎の肩から胸を斬り裂いていた。

「わあっ」

水に落ちた新三郎の体が、水飛沫《しぶき》を上げた。

「掬い上げろ」

忍谷が叫んだ。捕り方が集まってその体を引き上げ、土手へ移した。

「しっかりしろ」

声をかけたが、もう新三郎はぴくりとも動かなかった。すでに命は、亡くなっていた。

五

新三郎の遺体は、戸板に載せられて摂津屋の奥の間に運ばれた。お楽が庭の花を摘んできて、庄左衛門が香炉と燭台の用意をした。

「重い罪を犯した人ですが、今夜だけは供養をさせてくださいませ」

庄左衛門は言った。夫婦の、新三郎への気持ちなのだろう。

詰めていた与力も、それを認めた。

井坂は凜之助に肘を砕かれ、竹造は忍谷に肩を斬られていた。とはいえ、命に障るものではなかった。

怪我の応急手当てを済ませた二人に、忍谷が問い質しを行った。与力と凜之助がそれを見詰める。

まず竹造からだ。痛みに顔を顰めているがかまわない。

「摂津屋への押込みを決めたのは誰か」

「庄左さん、でした」

実の名が新三郎だとは、今日まで知らなかったと付け足した。偽名かどうかなど、考えもしなかった。

「なぜ摂津屋へ押込むかということは話したか」

「店の建物や商いのことが分かると、話していました」

結城屋や芳賀屋のときもそうだった。言い出した庄左が話を進め、指図をした。

「二つはうまくいっていたから、何故そう考えたかについてはどうでもよかった」

と竹造は続けた。そして竹造は河内屋、井筒屋への押込みをしたことも認めた。

井筒屋へ押込んだのは竹造が事情を知っていたからで、河内屋は吉太が、結城屋は新三郎が知っていたからだった。

そのことは知り合ったときから話していた。

「庄左と知り合ったきっかけは」

「東両国の広場でたむろをしていたら、声をかけられたんだ。前から顔と名は知っていた。同じ繰綿を扱う店にいたからな」

互いに主家に恨みを持っていたから、話は合った。押入ることに、躊躇いはなかった。分け前は、押入った人数で割ったとか。

「取手の芳賀屋で仁兵衛を刺したのは誰か」

「庄左です。あのときは、刺さなくても済んだ」

「強い恨みがあったわけだな」

「詳しい話は聞かないが、そうらしい」

仲間の事情は詮索《せんさく》しない。押込みに関することは、すべてを伝え合った。

「芳賀屋へ押込んだ後は、何をしていたのか」

「四人で諸国を回っていた。銭はあったから、面白おかしく過ごせたさ」

吉太は、結城屋へ押入った後に、井坂が連れてきた。四人が江戸へ出たのは、今年になってからだ。庄左から河内屋を襲うと告げられた。

「それで、回向院門前の美鈴屋へも行ったわけだな」

「おふくのことを、探り当てたんですかい」

顔を歪めたのは、体の痛みだけが理由ではなさそうだ。

「まあな」

「そりゃあ、抜かりやした。おふくのことは、腹の奥に残っていましたんで」

自嘲《じちょう》の混じった、竹造の声だった。

「おふくを、どうにかしようとは思わなかったのか」

「それは、なかった。あの荒物屋では、金もさしてなさそうだったし」

調べはしたらしい。

次は、井坂に当たった。井坂が鼠と俵の根付を奪ったことが、事件を探る端緒になった。

「井坂家の知行所は、鬼怒川の水海道《みつかいどう》河岸の近くにあった。そこの村では、繰綿を仕入れて木綿糸を拵えておった」

「その繰綿を、摂津屋から仕入れていたわけだな」

「そうだ。それで新三郎の顔は知っていた。八つ小路の近くを歩いていて、声をかけられたときは驚いた」

三度目に酒を飲んだとき、新三郎は企《たくら》みを打ち明けてきた。新三郎は庄左、井坂は内坂伝五郎として付き合うことになった。

「吉太とは、結城屋へ押込んだ後に再会したのか」

「あの者のことは、気になっていた。しかし先立つものがなくては、どうにもならぬ」

「結城屋へ押込んだ後で捜し出したわけか」

「そういうことだ。さして手間は、かからなかったぞ。行きそうな場所の見当は、ついたからな」

「盗みの話はしたのか」

「しばらく、遊ばせてやってからだ。あいつも、銭には困っていた」

「迷わず仲間に入ったわけだな」

「盗人稼業でもしなければ、生きては行けまい。小旗本が、かつがつの暮らしをしてきた。この二年半は、面白かったぞ」

井坂に悔いる気配はなかった。

「養生所へ行った吉太を、殺そうとは考えなかったのか」

「それはなかった。何があっても、あいつはおれの名だけは喋らない。それに喋ったとしても、猿江村を出た後のことは、あいつには分からない」

さらに捕り方が潜んでいたら、藪を突いて蛇を出すことになる。

これで押込んだ者からの聞き取りは済んだ。明日にも二人の身柄は牢屋敷へ運ばれる。小石川養生所から移される吉太も含めて、奉行が立ち会いの上で再度の吟味がおこなわれる。

正式な処罰が下される段取りだ。

新三郎の遺体は、町奉行所の検死が済み次第、首を撥ねられ晒《さら》し首にされる。三人を殺し、千両を超す金子を奪った押込みの主犯だった。

口書きを取ると、南町奉行所の与力は引き上げた。

最後に凜之助は、庄左衛門に問いかけをした。二人だけになってからだ。取り調べの中では、庄左衛門は被害者という扱いだった。

「その方は新三郎に金子を与えて、逃がそうとしていたな」

「とんでもありません」

「隠さなくてもよい。ここだけの話だ」

公にはしないが、はっきりさせておきたかった。

「確かに、逃がしたい気持ちはありました」

少し間を空けてから、庄左衛門は答えた。

「不運な新三郎を、憐《あわ》れんだからか」

「憐れむなどということでは」

「では、何だ」

そこを聞き出さないと、凜之助にしてみればこの一件は落着とならない。

「後ろめたさがあったのでございます」

真剣な表情だった。

「新三郎の不運に、その方の後ろめたさはあるまい」

「いや、そうではございません」

庄左衛門は顔を顰め、慙愧《ざんき》に堪えないという表情をした。やはり、隠していたことがあったようだ。凜之助は、次の言葉を待った。

「仁兵衛さんはああいう人でしたから、芳賀屋さんとの商いでは、いつも他以上に気を配っていました。ですがそういうときこそ、つまらぬしくじりをしてしまいます」

「何をしたのか」

「芳賀屋さんとの前回の商いで、私は納めた数量にわずかですが記述の間違いをしてしまいました。いつもならば、ありえないことです」

「うむ」

「後で気がついたのですが、文書を渡してしまった後でした」

「それを主人や番頭には伝えなかったのだな」

「怖くて、できませんでした。とはいえ仁兵衛さんは、それを見逃さないと分かっていました。次に来たときには、そこを叩かれるのは明らかです」

「新三郎に、尻拭いをさせようとしたわけだな」

「さようで。私が仁兵衛さんの相手をすることはできましたが、しませんでした。利吉さんも、しくじりのことは気づいていました。私と二人で仕事をしましたから」

「そこで利吉は、雪隠へ逃げたわけか」

新三郎は弥助の不始末を知らなかった。だから受けたのだろうと、庄左衛門は付け足した。

「面倒ではありますが、新三郎さんならば、何とかするという気持ちがありました。私はあの人には、商人として太刀打ちができないと思っていました。嫉《そね》む気持ちがありました」

「利用してやろうと考えたのだな」

「明確ではありませんでしたが、そんな腹がどこかにありました」

「とはいえ、客に手を出すことになり、辞めるまでになるとは思っていなかったのではないか」

「もちろんでございます。でも一切をあの人に押し付けようという、企みはあったわけでして」

新三郎は、それに気づいたのだと、凜之助は思った。だからこそ十三年前のことを持ち出したのだ。

「芳賀屋が襲われ、仁兵衛が殺されたことは、存じていたな」

「はい。得意先ですので」

「新三郎の仕業とは考えなかったか」

「思いました。その前に、結城屋が襲われていましたので」

「いつかここへも来ると見ていたのだな」

「そうですね」

「芳賀屋の商いは、その後どうなったのか」

「ひと頃のような勢いはありません」

　呟くような声になった。

「三百両は、与えてもよいとの腹だったわけか」

「はい。十三年の間、あのことを忘れることはありませんでした。考えてみれば、私にとっては恩人なのかもしれません」

「しかし大金を渡せば、商いが厳しくなるではないか」

「それが私への罰でございます。生かされていればの話でしたが」

「呵責《かしやく》があったわけだな」

「刺したいならば、それも仕方がない。私はお楽を女房にし、子までなし、十三年の間摂津屋の主人として過ごすことができました。存分な暮らしでございました」

「分かった。そこまで申せばよかろう」

「………」

「その方は以降、摂津屋の商いに励めばよい」

それで凜之助は、庄左衛門との話を切り上げた。

六

凜之助は夜の道を、忍谷と話しながら八丁堀の屋敷に向かった。凜之助は、庄左衛門と話した内容を伝えた。

「そうだな。庄左衛門は、根っからの悪党ではなさそうだ」

聞き終えた忍谷が返した。

「小心な善人なのではないでしょうか。後悔があって、自分を責めてきました」

「うむ。だから奉公人には気を配るし、近所へは腰が低かったわけだ」

「いつか新三郎が訪ねて来ると、思っていたかもしれません」

「まさか押込みとしてだとは、考えなかったかもしれねえが」

「後悔が、あったのでしょう」

「まあ、面倒なことには手を抜きたくなる気持ちは、分かるがな」

「はあ」

凜之助は、忍谷が己の言い訳をしたようにも感じた。

「それとこれとは違うだろう」

とは思ったが、忍谷らしい反応だった。とはいえ、今回の新三郎らの押込みでは、捕縛のために力を尽くした。忍谷がいたことは、大きかった。


凜之助が玄関式台に立つと、文ゑが迎えに出た。

「お役目、ご苦労様でした」

いつもよりも他人行儀な挨拶だった。

「いよいよだぞ」

と直感した。まずは取りかかっていた押込みの件が、解決したことを伝えた。文ゑから聞いた話も、役に立ったと言い添えた。

「何よりでした」

ねぎらいの言葉を口にしたが、関心があったようには感じなかった。

この数日、朋と文ゑの動きが尋常ではなかった。三雪もお麓も、どこかいつもと違った。どういう結果を持ってくるかは分からないが、自分なりの思いや考えは伝えなくてはと覚悟を決めた。

「奥の間へおいでなさい」

二間の障子を払って、昼間そこでは書や裁縫の稽古をしている。今は襖が閉じられて、その一つの部屋に入った。

驚いたことに、床の間を背にしたところに松之助が座っていて、脇には朋の姿もあった。

生真面目そうな表情だった。凜之助は、三人を前にして膝を揃えて腰を下ろした。

「その方の縁談についてだが」

松之助が口を開いた。朋と文ゑは背筋を伸ばして前を向いている。

話し合って決めたのは女二人で、松之助は結果を聞かされただけだと察せられるが、伝える役目は押し付けられる。松之助の立ち位置だ。

「網原家の三雪殿だが、祝言が決まったと聞いた」

「えっ」

思いがけない急な話で、凜之助は仰天した。朝比奈家でないことは、明らかだ。けれどもつい半月ほど前には、朋から縁談を進めようと告げられていた。

「いったい、どちらへ」

「今は小石川養生所で見習い医師をしている、榊原壱之助殿が相手だという」

「なるほど」

養生所の仕着せ姿しか見ていないが、蘭方医として熱意と優れた腕を持っているのは間違いなかった。

「榊原家から、ぜひにとの強い申し出があったとか」

「それは、何より」

喉の渇きを感じながら、凜之助は返した。明らかな落胆があったが、似合いだとも思った。

三雪は書の稽古のない日は、養生所へ手伝いに出向いていた。榊原は三雪を見初め、早速に動いたのに違いない。

しばらく間を置いてから、松之助は再び口を開いた。

「そして質商いの三河屋の娘お麓殿だが」

ここまで告げられて、「ああ」と胸の内で呟いた。

「そうか。自分はお麓を妻女とするのか」

嫌ではなかった。持って生まれた明るさと、進んで事に当たる前向きな様子には好感を持っていた。

松之助は言葉を続けた。

「深川今川町に、岩永屋という質屋がある。質屋仲間の肝煎りの店だが、そこの跡取り惣吉と祝言を挙げるという」

「さ、さようで」

これも仰天した。惣吉ならば知っている。井坂が奪った鼠と俵の根付の行方を探るにあたって力になってもらった。橋渡しをしたのがお麓だった。

「前から話はあったらしいが、そのままになっていたという」

そういう話があったとしても、不思議ではない。松之助はわずかに間を置いてから、口を開いた。

「お麓も年が明ければ十八歳になる。いつまでもそのままにはできぬという話になったのであろう」

「さようでございますか」

凜之助は、朋と文ゑに目をやった。二人は顔を向けず微動だにしないで前を向いている。

「何ということだ」

凜之助は胸の内で呟いた。どちらかを選ぶなどとは、傲慢な話だった。三雪にもお麓にも事情があり、思いがある。

自分はそのままにしていたのだと、凜之助は考えた。

これで三雪が養生所へ姿を見せなくなったことや、先日遅く、お麓が文ゑを訪ねて来ていたわけが分かった。

「そこでな、そなたの嫁ごについては新たに考えることになった。次こそは、ぼやぼやはいたすまい」

と告げられて、凜之助は考えた。三雪ともお麓とも、どちらとも選べなかったのは、自分の煮え切らない態度にあった。今さらどうにもならなくなってみて、初めて分かる。

寂しさや惜しい気持ちは否定できないが、二人のこれからに幸があることを願った。これまでは、いつも三雪やお麓が傍にいた。思えば華やかな日々だった。それが終わったのである。もう二人は、朝比奈家にはやって来ないだろう。

それから凜之助は、松之助の部屋へ行った。

「おお、これは」

見事な鳥籠が出来上がっていた。繊細なのに、がっしりとしている。どんな鳥が似合うのかと考えた。

それから凜之助は、繰綿問屋への押込みの件が落着したことを伝えた。

「十三年前の出来事が、庄左衛門には重荷になっていたのだな」

「そのようで」

「その方に話したことで、荷が軽くなるのではないか」

松之助は言った。今さら悔やんでも仕方がない。また企みがあったとしても、仁兵衛と悶着になったのは新三郎本人だった。

「その方の言う通り、庄左衛門は商いに励めばよいのだ」

「まことに」

そして凜之助は、話題を変えた。三雪ともお麓とも、縁談が壊れた件についてだ。

朋と文ゑは、それぞれ己が推す娘に凜之助と祝言を挙げさせるべく意気込んでいた。

ここへ来て、どちらも肩透かしを食った形になったのである。

「落ち込んでいるのでしょうか」

四人でいたときの姿からは、腹の内は窺えなかった。

「あの二人が、落ち込むと思うか」

松之助は、あっさりとした口調で言った。

「では何を」

「その方の嫁ごについては、まだまだ他にも相応《ふさわ》しい者がいる」

「では、それを」

「推してくるであろう。互いに負けずとな」

「さようで」

「朝比奈家の二羽の牝鶏が、そう簡単に手を引くわけがない」

「さようで」

松之助の言葉に、凜之助は頷いた。一つの家に二羽の牝鶏は暮らせないというが、朝比奈家はどちらも達者だ。

己はそれらにはかまわず、定町廻り同心としての修行を積んでゆけばよいと凜之助は考えた。


（完）

この作品は「文春文庫」のために書き下ろされたものです。

ＤＴＰ制作　エヴリ・シンク

文春文庫

朝比奈《あさひな》凜之助《りんのすけ》捕物《とりもの》暦《ごよみ》
昔《むかし》の仲間《なかま》

定価はカバーに表示してあります

2024年11月10日　第1刷

著　者　千野隆司《ちのたかし》
発行者　大沼貴之
発行所　株式会社 文藝春秋

東京都千代田区紀尾井町 3-23　〒102-8008
ＴＥＬ 03・3265・1211㈹
文藝春秋ホームページ　https://www.bunshun.co.jp

落丁、乱丁本は、お手数ですが小社製作部宛お送り下さい。送料小社負担でお取替致します。

印刷製本・TOPPANクロレ

Printed in Japan
ISBN978-4-16-792298-6

（　）内は解説者。品切の節はご容赦下さい。

千野隆司
出世商人《しゅっせあきんど》（一）

急逝した父が遺したのは、借財まみれの小さな艾屋《もぐさや》だった。跡を継ぎ、再建を志した文吉だったが、そこには商人としての大きな壁が待ち受けていた!?　書き下ろし新シリーズ第一弾。

ち-10-1

千野隆司
出世商人（二）

借財を遺し急逝した父の店を守る為、新薬の販売に奔走する文吉。しかし、その薬の効能の良さを知る商売敵から、悪辣な妨害が……。文吉は立派な商人になれるのか。シリーズ第二弾。

ち-10-2

千野隆司
出世商人（三）

文吉は樽乗り曲芸師の娘とその祖父と出会う。芸の最中に樽から落ちた娘を庇い、祖父が大怪我をしたのだ。調べてみるとどうやらふたりは何者かに狙われていたらしい。シリーズ第三弾。

ち-10-3

千野隆司
出世商人（四）

新薬の販売で亡義父の遺した多額の借財も完済し、商人としての道が開けた文吉。さらに大きな商いに挑戦することを決めた彼が、出会ったある商いとは？　シリーズ第四弾。

ち-10-4

千野隆司
出世商人（五）

白砂糖の振り売りが何者かに殺害された。巷では白砂糖の値が下がっており、抜け荷が行われているらしい。文吉は事件を解決し、白砂糖商いを始めるため、調べを始めるが……。最終巻。

ち-10-5

千野隆司
朝比奈凜之助捕物暦

南町奉行所定町廻り同心・朝比奈凜之助。剣の腕は立つが、どこか頼りない若者に与えられた殺しの探索。幼い子を残し賊に殺された男の無念を晴らせ！　新シリーズ、第一弾。

ち-10-6

（　）内は解説者。品切の節はご容赦下さい。

安部龍太郎
等伯（上下）
武士に生まれながら、天下一の絵師をめざして京に上り、戦国の世でたび重なる悲劇に見舞われつつも、己の道を信じた長谷川等伯の一代記を描く傑作長編。直木賞受賞。（島内景二）
あ-32-4

安部龍太郎
宗麟の海
信長より早く海外貿易を行い、硝石、鉛を輸入、鉄砲をいち早く整備。宣教師たちの助力で知力と軍事力を駆使して瞬く間に九州を制覇した大友宗麟の姿を描く歴史叙事詩。（鹿毛敏夫）
あ-32-8

安部龍太郎
海の十字架
銀と鉄砲とキリスト教が彼らの運命を変えた。長尾景虎、大村純忠ら乱世を生き抜いた六人の戦国武将たち。大航海時代とリンクした、まったく新しい戦国史観で綴る短編集。（細谷正充）
あ-32-9

安能　務
始皇帝　中華帝国の開祖
始皇帝は〝暴君〟ではなく〝名君〟だった!?　世界で初めて政治力学を意識し中華帝国を創り上げた男。その人物像に迫りつつ、現代にも通じる政治学を解きあかす一冊。（冨谷　至）
あ-33-4

浅田次郎
壬生義士伝《みぶぎしでん》（上下）
「死にたぐねえから、人を斬るのす」——生活苦から南部藩を脱藩し、壬生《みぶ》浪と呼ばれた新選組で人の道を見失わず生きた吉村貫一郎の運命。第十三回柴田錬三郎賞受賞。（久世光彦）
あ-39-2

浅田次郎
一刀斎夢録（上下）
怒濤の幕末を生き延び、明治の世では警視庁の一員として西南戦争を戦った新選組三番隊長・斎藤一の眼を通して描き出される感動ドラマ。新選組三部作ついに完結！（山本兼一）
あ-39-12

浅田次郎
黒書院の六兵衛（上下）
江戸城明渡しが迫る中、てこでも動かぬ謎の武士ひとり。勝海舟や西郷隆盛も現れて、城中は右往左往。六兵衛とは一体何者か？笑って泣いて感動の結末へ。奇想天外の傑作。（青山文平）
あ-39-16

（　）内は解説者。品切の節はご容赦下さい。

浅田次郎
大名倒産（上下）
天下泰平260年で積み上げた藩の借金25万両。先代は「倒産」で逃げ切りを狙うが、クソ真面目な若殿は——奇跡の「経営再建」は成るか？　笑いと涙の豪華エンタメ！（対談・磯田道史）
あ-39-20

あさのあつこ
燦《さん》 1 風の刃《やいば》
疾風のように現れ、藩主を襲った異能の刺客・燦。彼と剣を交えた家老の嫡男・伊月。別世界で生きていた二人には隠された宿命があった。少年の葛藤と成長を描く文庫オリジナルシリーズ。
あ-43-5

あさのあつこ
火群《ほむら》のごとく
兄を殺された林弥は剣の稽古の日々を送るが、家老の息子・透馬と出会い、政争と陰謀に巻き込まれる。小舞藩を舞台に少年の友情と成長を描く、著者の新たな代表作。（北上次郎）
あ-43-12

青山文平
白樫の樹の下で
田沼意次の時代から清廉な松平定信の息苦しい時代への過渡期。いまだ人を斬ったことのない貧乏御家人が名刀を手にしたとき、何かが起きる。第18回松本清張賞受賞作。（島内景二）
あ-64-1

青山文平
つまをめとらば
去った女、逝った妻……瞼に浮かぶ、獰猛なまでに美しい女たちの面影は男を惑わせる。江戸の町に乱れ咲く、男と女の性と業。女という圧倒的リアル！　直木賞受賞作。（瀧井朝世）
あ-64-3

朝井まかて
銀の猫
嫁ぎ先を離縁され「介抱人」として稼ぐお咲。年寄りたちに人生を教わる一方で、妾奉公を繰り返し身勝手に生きてきた、自分の母親を許せない。江戸の介護を描く傑作長編。（秋山香乃）
あ-81-1

朝松　健
血と炎の京《みやこ》
私本・応仁の乱
応仁の乱は地獄の戦さだった。花の都は縦横に走る塹壕で切り刻まれ、唐土の殺戮兵器が唸る。戦場を走る復讐鬼・道賢と、救いを希う日野富子を描く書下ろし歴史伝奇。田中芳樹氏推薦。
あ-85-1

（　）内は解説者。品切の節はご容赦下さい。

井上ひさし
手鎖心中
材木問屋の若旦那、栄次郎は、絵草紙の人気作者になりたいと願うあまり馬鹿馬鹿しい騒ぎを起こし……歌舞伎化もされた直木賞受賞作。表題作ほか「江戸の夕立ち」を収録。（中村勘三郎）
い-3-28

井上ひさし
東慶寺花だより
離縁を望み決死の覚悟で鎌倉の「駆け込み寺」へ――女たちの事情、強さと家族の絆を軽やかに描いて胸に迫る涙と笑いの時代連作集。著者が十年をかけて紡いだ遺作。（長部日出雄）
い-3-32

池波正太郎
火の国の城（上下）
関ヶ原の戦いに死んだと思われていた忍者、丹波大介は雌伏五年、傷ついた青春の血を再びたぎらせる。家康の魔手から加藤清正を守る大介と女忍び於蝶の大活躍。（佐藤隆介）
い-4-78

池波正太郎
秘密
家老の子息を斬殺し、討手から身を隠して生きる片桐宗春。だが人の情けに触れ、医師として暮すうち、その心はある境地に達する――。最晩年の著者が描く時代物長篇。（里中哲彦）
い-4-95

池波正太郎
その男（全三冊）
杉虎之助は大川に身投げをしたところを謎の剣士に助けられる。こうして〝その男〟の波瀾の人生が幕を開けた――。幕末から明治へ、維新史の断面を見事に剔る長編。（奥山景布子）
い-4-131

稲葉　稔
武士の流儀（一）
元は風烈廻りの与力の清兵衛は、倅に家督を譲っての若隠居生活。平穏が一番の毎日だが、若い侍が斬りつけられる現場に居合わせたことで、遺された友の手助けをすることになり……。
い-91-12

伊東　潤
王になろうとした男
信長の大いなる夢にインスパイアされた家臣たち。毛利新助、原田直政、荒木村重、津田信澄、黒人の彌介。いつ寝首をかくか、かかれるかの時代の峻烈な生と死を描く短編集。（高橋英樹）
い-100-1

（　）内は解説者。品切の節はご容赦下さい。

伊東　潤
潮待ちの宿
時は幕末から明治、備中の港町・笠岡の宿に九歳から奉公する志鶴。薄幸な少女は、苦労人の美しいおかみに見守られ逞しく成長する。歴史小説の名手、初の人情話連作集。（内田俊明）
い-100-6

宇江佐真理
幻の声　髪結い伊三次捕物余話
町方同心の下で働く伊三次は、事件を追って今日も東奔西走。江戸庶民のきめ細かな人間関係を描き、現代を感じさせる珠玉の五話。選考委員絶賛のオール讀物新人賞受賞作。（常盤新平）
う-11-1

宇江佐真理
余寒の雪
女剣士として身を立てることを夢見る知佐は、江戸で何かを見つけることができるのか。武士から町人まで人情を細やかに描く七篇。中山義秀文学賞受賞の傑作時代小説集。（中村彰彦）
う-11-4

上田秀人
遠謀　奏者番陰記録
奏者番に取り立てられた水野備後守はさらなる出世を目指し、松平伊豆守に服従する。そんな折、由井正雪の乱が起こり、備後守はその裏にある驚くべき陰謀に巻き込まれていく。
う-34-1

上田秀人
本意に非ず
明智光秀、松永久秀、伊達政宗、長谷川平蔵、勝海舟。歴史の流れの中で、理想や志と裏腹な決意をせねばならなかった男たちの無念と後悔を描く傑作歴史小説集。（坂井希久子）
う-34-2

冲方　丁
剣樹抄
父を殺され天涯孤独の了助は、若き水戸光國と出会う。異能の子どもたちを集めた幕府の隠密組織に加わり、江戸に火を放つ闇の組織を追う！　傑作時代エンターテインメント。（佐野元彦）
う-36-2

海老沢泰久
無用庵隠居修行
出世に汲々とする武士たちに嫌気が差した直参旗本・日向半兵衛は「無用庵」で隠居暮らしを始めるが、彼の腕を見込んで、難事件が次々と持ち込まれる。涙と笑いありの痛快時代小説。
え-4-15

（　）内は解説者。品切の節はご容赦下さい

平蔵の首
逢坂 剛・中 一弥 画

深編笠を深くかぶり決して正体を見せぬ平蔵。その豪腕におののきながらも不逞に暗躍する盗賊たち。まったく新しくハードボイルドに蘇った長谷川平蔵もの六編。（対談・佐々木 譲）

お-13-16

平蔵狩り
逢坂 剛・中 一弥 画

父だという「本所のへいぞう」を探すために、京から下ってきた女絵師。この女は平蔵の娘なのか。ハードボイルドの調べで描く、新たなる鬼平の貌。吉川英治文学賞受賞。（対談・諸田玲子）

お-13-17

生きる
乙川優三郎

亡き藩主への忠誠を示す「追腹」を禁じられ、白眼視されながら生き続ける初老の武士。懊悩の果てに得る人間の強さを格調高く描いた感動の直木賞受賞作など、全三篇を収録。（縄田一男）

お-27-2

葵の残葉
奥山景布子

尾張徳川の分家筋・高須に生まれた四兄弟はやがて尾張、一橋、会津、桑名を継いで維新と佐幕で対立する。歴史と家族の情が絡み合うもうひとつの幕末維新の物語。（内藤麻里子）

お-63-2

音わざ吹き寄せ
奥山景布子
音四郎稽古屋手控

元吉原に住む役者上がりの音四郎と妹お久。町衆に長唄を教えているが、怪我がもとで舞台を去った兄の事情を妹はまだ知らない。その上兄には人に明かせない秘密が……。（吉崎典子）

お-63-3

渦
大島真寿美
妹背山婦女庭訓 魂結び

浄瑠璃作者・近松半二の生涯に、虚と実が混ざりあい物語が生まれる様を、圧倒的熱量と義太夫の如き心地よい大阪弁で描く。史上初の直木賞&高校生直木賞W受賞作！（豊竹呂太夫）

お-73-2

仕立屋お竜
岡本さとる

極道な夫に翻弄されていたか弱き女は、武芸の師匠と出会ったことで、過去を捨て裏の仕事を請け負う「地獄への案内人」となった。女の敵は放っちゃおけない、痛快時代小説の開幕！

お-81-1